自分のきげんのつくろいかた

人生フルーツサンド

大平一枝

大和書房

人生フルーツサンド

自分のきげんのつくろいかた

はじめに――

あのフルーツサンドのような人生を

近所に何十回と通っている古い小さな喫茶店があり、色とりどりのフルーツサンドが、心配になるくらい安価で食べられる。カットされたフルーツの断面が美しい今はやりのあれだが、流行のずっと前から最高の食材を使って愚直に作り続けている。そこには、食べてみないとわからない職人ならではの秘密が隠されていて、食べるたび、私の人生もこうありたいと思わせられる。それについては本章で詳しく綴っているのでぜひお読みいただきたい。

二八年、各誌紙に綴ってきたエッセイを一冊に編んでいただく機会を得た。暮らしや家事、住まい、仕事、家族。俯瞰するといろんな要素が詰まっていて、フルーツサンドのような本になった。

ライターとして駆け出しの頃、建築家の津端修一《つばたしゅういち》さん・妻の英子《えいこ》さんを何度か取材した。『人生フルーツ』という映画等で注目されるもっと前のことだ。雑木林に囲まれたお住いを訪ねると、いつも肩の力が抜けた穏やかな笑顔のお二人がいて、おいしいミネストローネとパンのランチや、庭で育てたハーブのサラダを振る舞ってくださった。物腰はやわらかいが、ニュータウンの土や植物、生態系を守りたいのだという志はエベレストのように高く、ゆるぎがない。工夫に満ちた美しい暮らし方以上に、その強さとやわらかさを印象深く思った。人としてのゆたかな多面性に魅了された。

酸っぱかったり甘かったり、やわらかだけど芯は心地よい歯ごたえがあったり。立派な先人を描いた映画タイトルと、毎回背筋が伸びる小さな喫茶店のきちんとしたサンドイッチに敬意を表して、僭越ながら本書にこのようなタイトルを付けた。

毎日は複雑で、考えることだらけだ。

歳を重ねたらもう少しシンプルに考えられるようになるかと思っていたがどうも違う。一本一本、歳月をかけて紡《つむ》いできたものを振り返ると、整えるというより、なんとか自分をなだめる方法を探りながらつくろいながら、やってきたのだなあと思う。そういうなだめ方をたくさん持っている人に今も憧れ続けている。悩みのシミを完璧に取り去ることはできなくても、ゆっくりぼかせるヒントを持っている人。みずみずしい果実を自分の内に育て、歳を重ねるほど気負わず、しなやかに生きる人に。

目次

三章 じりじり、おたおた育児

四章 おしゃれの謎、粋のしくみ

五章 人生の庭

一章

暮らしごと

サウナとバイオリン

サウナは、最高の快感を得られると「ととのった」と表現する。ネットには、〝ととのったサウナー〟たちの気持ちよさそうな動画が多数アップされている。

自分の精神を整えるというのはなかなか難しいものだが、行動や道具から入るのはわかりやすくていいなあと、妙なところで感心した。

心身を患《わずら》い長く休職していた知人が、「いろいろやってみて、結局身体を動かす体育か、情操に働きかける音楽がいいなって実感したんですよね」と復帰後、語っていた。幼い頃から憧れていたバイオリンを習い始め、家では体操をして、少しずつ心を整えていったという。

やる気が出ない日もあるが、バイオリン教室を予約しているので身体を運ぶ。基本からひとつずつ子どものように覚えていく。好きだった楽器の音色に心がゆれ、前回できなかったことが今日はできるようになる。そんな経験が少しずつ固まった心をほぐし、結果的に心身を整えることになったのかもと、自身では分析していた。体操も同じだ。頭で考えるより、身体を動かすほうが心を整えるのに効くことが、私もあると思う。

多忙とストレスで大きく体調を崩した別の知人は、食生活を整えることで元気になっていった。

「カウンセリングを試したり、いろんな本をたくさん読んだりしてみましたが、心だけに向きあってもだめなんですね。三回の食事をきちんとすると、自然に身体も生活も整っていくと、身をもって知りました。身体って、心とつながっているんですよね」

だしをとり、旬の野菜を中心に献立を作り、調味料にもこだわる。昔ながらの乾物や豆、精製しすぎていない食材を取り入れ、規則正しい食事を続けていたら、徐々に心身とも健康になっていったらしい。料理という〝かたち〟から入って、自分を整えた人の好例だ。

彼女は仕事にも変化が起き、今は本業に加えて個人宅の出張料理も始めた。かたちや道具から入って自分を整えた結果、人生もシフトチェンジできるなら、こんな素敵なことはない。

私達は理屈で答えを探そうとするが、頭のなかでいくら考えてもどうにもならないことはたくさんある。ところが身体を動かしたら、なんだこんなことだったのかと自然にわかったり、楽になれたり。

整っていない私は、欠点に落ち込むことだらけだが、かたちから入って自分を整えるのもありだぞと最近思い始めている。手始めにサウナもいいし、新しい料理や、軽い体操やストレッチもいいかもしれない。

サウナー動画にすっかり感化され、何も考えず身体から整う力を信じてみたいと思うこの単純さよ。まあそれもよしとしておこう。毎日は複雑で、考えることだらけなのだから。

内緒のフルーツサンド

歩いて一五分の隣町に、古い喫茶店がある。

私の独断によるカフェと喫茶店の違いは、後者には雑誌やスポーツ新聞が置いてあり、常連の大半が近所に住んだり働いたりしている人で、店主と客の会話が多い。ミルクやガムシロはこだわっておらず、なんだったら既製品のポーションでよく、モーニングセットがあること。

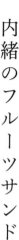

すべての条件にハマるその店を見つけてからというもの、平日はひとりで、週末の朝は家族で通い二〇回のスタンプ券を何枚更新したかわからない。

ほかの喫茶にないこの店の特徴は、レジ横に並ぶ多彩なフルーツサンドである。今はやりの、パンの切り口に苺やマスカットの断面がきれいにレイアウトされたあれだ。栗、マンゴー、メロン、キウイ、みかん。季節に合わせて色とりどりのそれが毎日六〜八種並ぶ。それ以外に惣菜《そうざい》のサンドイッチが二、三〇種。本店はサンドイッチ屋さんだそうで、すべて自家製だ。

しかし私は、毎回悩んだ末に必ずマスクメロンサンドに手が伸びてしまう。今日こそはエビカツに、と思ってもやっぱりメロン。

何しろ安い。通常のフルーツサンドの半額ほどだ。

クリームもたっぷり。サンドイッチ用に開発されたらしい食パンもふわふわ。

飽きもせず二年あまり通って最近気づいた新しい魅力は、全く見えない内側にまで大きくカットしたメロンがゴロゴロ入っていることだ。

見えない努力、手抜きのなさに、毎回新鮮に心を打たれる。作り手のプロ意識が旗幟鮮明《きしせんめい》で、ジューシーなよく熟《う》れたマスクメロンを、クリームに埋もれたパンの腹から見つけるたび、感動と同時に私もこうあらねばと背筋が伸びる。

見えないところにもたっぷりとつめこむ。フルーツは、安かろう悪かろうの質ではなく、一級品を使う。どんな流行にも不況にも負けず、ただひたすらおいしいフルーツサンドを作り続ける。

だから二〇年余も地元の人に愛され続けているのだとわかる。どんな仕事も、人気の維持には偉大な理由がある。

中からフルーツを見つけたときの感動をどう表そうと考えたとき、旗幟鮮明というふだんあまり使われない言葉を見つけた。『明鏡国語辞典』によると、旗幟とは戦場で掲げる旗《はた》と幟《のぼり》のこと。転じて、立場や主張がはっきりしていることを指す。

その店はどこにも「中身までたっぷり」などと謳《うた》っていない。コーヒー豆も、店で焙煎しているが、壁にもメニューにも自家焙煎の文字はない。しかし飲めばわかる。幟こそないけれど、仕事の成果に主張がつまっている。

私は初めて会う人に生業《なりわい》を聞かれると、つい過剰な説明や大げさな言い方をしがちだ。しかし、自分がどんな人間で、どんな文章を書くのかは、読んでもらえば伝わる。あのフルーツサンドのように、努力を人に見せず、中身で感じてもらえるような仕事をしたい。説明など最少でいい。

このような本物の食品はほかにもたくさんあろうが、なぜここまで感銘を受けるかというと、フルーツサンドは見た目の華やかなインパクトが、多くの人に受けている商品だからだ。

乱暴に言い換えると、見た目がすごければ（中身がどうであれ）、買ってもらえる可能性が高い。にもかかわらず他店で見たことのないボリュームのフルーツを、外にも中にもつめこんでいる。それを、はやるずっと前から地道に作り続けているところにしびれる。

こんなにフルーツサンドについて考えたり書いたりしたのは初めてだ。毎回もらう感動の源泉を言語化できて少々ほっとしている。ただ、最後にお詫びが。

こんなに書いておいてあれですが、店員さんがひとりの小さな店なので、店名は明かせません。あしからず。

ふたつのルースパウダー

我が家は小さな三階建てで、一階に洗面所がある。メイク道具は三階の寝室だ。しばしば、出掛けの玄関で「あ、マスカラ塗り忘れた」「リップ忘れた」と思い出す。

また三階まで上がるのは難儀なので、「まあいいか。化粧してないわけじゃないし」とズボラな言い訳をして、そのまま飛び出す。

マスカラなどポイントメイクならまだいいが、困るのはルースパウダー（おしろい）である。仕上げに、パフではたくのを忘れやすい。やるとやらないのとでは、意外にナチュラルな肌の印象が大きく変わるので、しかたなしに階段を駆け上がる。これを使わないと、どうも厚化粧っぽくて不自然になるのだ。

しかし、あまりにもよく忘れるので、先日もうひとつ買い足し、洗面所にも置いた。近所のコンビニにちょっと出かけるだけのときは、そこでぱぱっとパウダーをはたくなど、ふたつ常備したことで、ぐんと楽になった。

相変わらず、三階で使い忘れて洗面所で控えの選手にお世話になるたび、ほっとして、こう思うのだ。――歳をとってよかったな。

若い頃は同じ化粧品を二個なんて買えなかった。歳を重ねると、そのくらいの余裕はできる。いっぽう、年齢に応じて収入は増えるが、三階に駆け上がる体力は目減りしていく。人生とはよくできているものだ。人はだんだんできなくなることが増えていく身体を、お金でカバーする。お金がない若い頃は、知恵と身体を使う。そうすることで生活力が鍛えられる。

二、三〇代の頃はあれもこれも欲しく、何でも持っている人に憧れたが、足りない物を数えなくていいんだよと、あの頃の自分に言ってあげたい。

いつか買えるときなんてくる。ないなりに工夫する時期は案外短く、だからこそかけがえがない。

戻りたいとは思っていない。ズボラをして一階と三階におしろいを置きながら、人の一生の妙に思いを馳《は》せ、その本質に気づくのにかかった時間を、ただ愛おしく思っている。

料理人と美容師

料理の取材で、スパイス使いに定評のあるビストロのシェフに話を聞いた。クミン、カルダモン、チリパウダー……。我が家にもあるポピュラーなスパイスを、手早く軽やかに扱い、あっというまにかぐわしくおいしい一品に仕上げる。

コツを尋ねると、ひとこと。

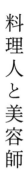

「思いきりよくいくことです。迷っちゃだめ」

たしかに私はスパイスを使うとき、失敗を恐れて、なんとなくおそるおそる振り入れる。さらに、スパイスは「ちょっと多すぎたかな」くらいがちょうどいいのだと教えてくれた。たしかに横で見ていると、どの料理も想像よりずっと多めだ。しばらくするとじつにいい香りが立ち上ってくる。我が家のスパイスがいつも使い切れずに賞味期限を超えてしまうわけがわかった。

思いきりよく。迷わないで。私はまったく同じ言葉を、数日後に美容室で耳にしたのである。

その美容室に通い出したのは四年前。初めてカットをお願いしたとき、いきなり眉上で前髪をぱっつんと切られた。「おまかせで」とお願いしていたのでかまわないが、前髪ぱっつんは中学時代以来なのでたいそう驚いた。

それが刺激となり、メイクやファッションも少しずつ変わったことが嬉しくて、現在も通っている。前髪について話しているとき、美容師の彼がポツリとつぶやいた。

「前髪は思いきりよくいかないと。迷いながらちょこちょこ切っていると、正解がわからなくなりますから」

あまりにもシェフと同じフレーズだったので、心に響いた。どちらも、職人だからこその経験値と自信が前提にある。そのうえで、迷いを捨てて思いきりよくというのは、あらゆる仕事や人生に通じそうだ。

失敗を恐れて保守的になるより、自分を信じて大きな一歩を。そう言われた気がして、思い出すたび腹の底から今もじわじわと新鮮なエネルギーが湧いてくるのである。

きのこの美徳

もう何も作る気がしないというくらいよれよれに疲れ切った日は、オリーブオイルをにんにくと鷹の爪で香り付けし、冷蔵庫のありったけのきのこを炒める。そのたび、きのこの万能さに小さく感動する。基本は塩コショウ。日によって、鶏ガラペーストをちょっと加えたり、甘酢でマリネしたり。旨みたっぷりのだしが出るので、過剰な味付けがいらない。おまけに低カロリーで繊維も豊富。安い。マリネやオイル漬けは、二、三日経っても味が落ちないところがまたいい。

生協で必ず二、三種買い置きしている。だから、とりあえずいつもキッチンの片隅に、しめじやらえのきやらまいたけがある。それは安心の景色だ。よれよれの日があっても大丈夫、あの便利な助っ人がいるという。

そうそう、干し椎茸も忘れてはいけない。今日は忙しくなりそうだという朝は、大鍋に水を張り、干し椎茸を戻しておく。帰宅したら溶き卵とねぎでかきたま汁や、味噌汁がすぐできる。暴飲暴食が重なると、たまに「自己流梅流し」をやる。椎茸と昆布のだし汁で大根をコトコト煮込むだけ。味付けは梅干し一、二粒。それ以外は何も味付けをしていないのに、このだし汁がおいしいのなんのって。大根の甘みと梅干しの塩味が、椎茸の深くて複雑な風味を引き立てる。夏でも熱いのを作って一口含むと、「ほーっ」と安らかな吐息が漏れる。

こんなに非の打ち所のない日本を代表するゆたかな山の幸なのに、子どもの頃は苦手だった。色も見た目も地味なのに、香りや歯ごたえの主張が強い。茶碗蒸しになんできのこを入れるかなあと、母を恨めしく思うこともしばしばだった。椎茸嫌いのまま、おとなになった人にもよく会う。私も、いつも主役になれないこの茶色い脇役が、間違いのない食材だとわかったのは、おとなになってだいぶ経ってからである。

ちょっと、人に置き換えてみる。目立たないけれど、この人がいなかったら絶対に困る。そっと寄り添ってくれるだけで安心する。癖があるかないかと言われれば確実にあるのだけど、よくよく知ると嫌じゃない。付き合うほどに味わいが増す。……きのこのような存在感の人ってなかなか素敵だ。

そんな存在の良さを理解できるようになるのにも、時間がかかるものなんだな。

どうやって趣味の時間を？

パソコンに向かうときの姿勢が良くないらしく、首や腕に不調があるので鍼《はり》治療を続けている。あちこちに通院し、ようやく相性のいい鍼灸師《しんきゅうし》さんと出会って一年。二〇代の彼は、物静かな学究肌。腕はたしかで療術の話になると的確な助言が続くが、世間話を自分からどんどん振っていくタイプではない。

ところが何度か通ううち、彼には大変な特技があるとわかった。今上映している映画にとびきり詳しいのだ。それもほとんどメディアに取り上げられていないような単館ロードショーの外国作品に明るい。

いつからか「今何がおもしろい？」と聞くのが習慣になった。薦《すす》められて足を運んだものもある。

なぜそんなにマイナーな映画にも詳しいのか尋ねると、彼は照れくさそうに答えた。

「僕は口下手で、誰とでもおしゃべりできるようなタイプではないので。学校を卒業して鍼灸マッサージ師になれたとき、この仕事を一生続けるにあたり、自分のコミュニケーションの武器はなんだろうと考えました。ところがなにもない。これではいけないと思い、そうだ映画を観ようと。映画の話なら、どんな世代のお客様とも、男性でも女性でも、お話ができるでしょう？　でも何から観たらいいのか？　とりあえずよくわからないけど映画といえばカンヌなので、カンヌ映画祭の各賞受賞作を全部観ようと決めたんです」

映画に詳しい人は多い。しかし、カンヌ国際映画祭の各賞となると、どうだろう。パルム・ドールやグランプリは知っていても、監督賞、審査員賞、男優賞、女優賞、脚本賞となると……。おまけに「ある視点部門」にも、作品賞、監督賞など各賞がある。さらには「短編部門」も。

日本で上映されているものはすべてできるだけ観逃さないようにしているという。私の知る限り、彼は朝一〇時から夜遅くまで鍼灸治療院で働いている。上映期間は限られているので、休日だけでは観きれないはずだ。いったいいつ？

「出勤前のモーニング上映に、よく行きます。翌日が休みの日は、レイトショーへ」

最初は客との話題作りのためにと観始めたら、「すっかり映画の世界にハマっちゃいました」。

今はカンヌに限らず、好きな監督や脚本家で作品を選んだり、日本のドキュメンタリーやミニシアターだけでしか上映しない作品もチェックしたりしているらしい。

そんな生活がまる三年。先日、こう語った。

「僕は映画以上に、映画館という場所が好きなんだなあと気づきました」

彼の推す映画館で、私が大好きなところがいくつかあり、たしかに施術《せじゅつ》を受けながらいつしか小屋談議になっていることが多い。居心地のいい映画館に求める条件から、帰りに立ち寄るビル併設のおいしい店情報まで。

ネット配信はまったく視聴しないとのことで、世代的には珍しく感じられた。

二〇代で、仕事前に寄るほど好きなものに出会えてよかったなと老婆心ながら思う。自分を思い返しても、社会に出て間もない頃は、趣味は二の次になりがちだ。そういう人生の季節があっていいと思うが、彼の場合は、仕事の武器にもなっている。心や感性をゆたかにしてくれる。そして、この時代に映画館で観る映画の良さを、体感で知っていることはかけがえがない。

先日も、教えてもらったイランのSNSをテーマにした作品を観た。SNSで小さな嘘をついてしまった男の意外な結末を描いた物語だ。最高におもしろくて、彼に聞いていなかったら絶対観ていなかったなと感謝した。

そうして、自分が少し恥ずかしくもなった。

私は仕事柄、本や映画に多少詳しいつもりでいる。初対面の人と話すのも苦ではない。いっぽう彼は、それほど誰とでもべらべら話せないという自分のコンプレックスを起点に、私などよりはるかに深く広く、映画の知識を身につけている。たとえば、三年前のスタート地点では、年齢的に私のほうが映画に詳しかったと思うが、とっくに追い越され、彼のほうがたくさんのスクリーンの中の人生を知っている。逆に、私はこの三年で何を得ただろうか――。

弱点は、意識の持ち方次第で、ときにとんでもないエネルギーを生み出す。

映画の話になると止まらない鍼灸師さんに施術してもらいながら、謙虚がもたらす効用をいつもしみじみと実感する。

帰りは毎回ひどく清々しい。あれは、身体とともに心もフレッシュな空気に満たされるからだろう。

家事とは、無限に知恵を試される作業だ

「ドライヤーを使ったら、これで髪の毛を掃除しておいてね」

口を酸っぱくして、娘が一〇代の頃から言っている。吸着シートのついたフローリングワイパーは、すぐ手の届くところにかけてあり、替えのシートも足もとの棚に常備。にもかかわらず、ハイハイとけむたそうに対応する娘がワイパーをかけるのは、おそらく数回に一回（当社調べ）。

その稀少な作業が行われた先日、私がドライヤー後にワイパーを使おうと裏面を見ると、髪の毛や埃がびっしり。何日か分の汚れがはりついている。つまり、使ったままなのである。

洗面所は猫の額ほどのスペースなので毎日取り替える必要はない。それでも、三回も使うとこうなり、吸着力がぐっと落ちる。

ああと、やるせないため息が漏れた。

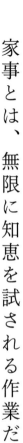

一生懸命やっているのだろうが、詰めが甘い。次に使う人のことを考えず、今その場がきれいになればいいと考えている。ザッツ・オール。任務終了。

だから娘はなっていないと責めたいのではない。私だってその時分は似たりよったり。あとに続く人の気持ちなど考えたこともない。

家事とは、果てしなく知恵を使う作業なのだなあと改めて気づいたことを記したかった。ともに暮らす人の気持ちを想像する行為。ひとり暮らしなら、明日の自分を想像して施《ほどこ》す行為でもある。

次にドライヤーを掛けるとき快適であるように、先手を打っておく。きげんよく暮らすには、どんなひと手間をくわえておけばいいかを想像する。まさに想像力が要《かなめ》だ。

家事を学ぶ学問はない。想像する力、先を読む能力だけが拠《よ》り所になる。

こうしておいたら次が楽かな。一緒に暮らす人が喜ぶかな。明後日が雨なら、明日洗濯をする。明日が忙しそうなら、重い家事を今日済ませておく。来月のこの日に大事な会合があるから服をクリーニングに出しておく。でも割引がある日は水曜日、来週の水曜は用事がつまっているから今週行っておこう……etc.　小さな想像力が、明日の自分や同居者を、ほんの少しでも確実に心地良くしてくれる。

かつて「家事手伝い」という言葉が、独身女性の優雅な肩書きのように使われていた時代もあったが私は、いやいや家事ほど頭と心を使う忙しい作業はないぞと思う。そのうえかなりクリエイティブな仕事だ。そう気づくのに、ずいぶん長い時間を要したのだが。

想像なきところに快適なし。これに、我が娘はきっと気づいていない。

私も子どもの頃、そうだった。乾いたタオル、体操着の白、朝の炊きたてごはん、埃の落ちていないトイレが普通だと思っていた。自分のために心を砕きあらかじめ準備してくれていた親という存在を、気にも留めていなかった。

だから、ため息は漏れるものの、娘をあまり叱れずにいる。いつか気づいてくれたら嬉しいし、家事は自分の力で暮らして初めて知ることだらけだ。

その日まで待とう。短気な私には難しい宿題だけれども。

猫ロボと張り合う午後

せっぱつまった仕事で猛烈に集中しなければならないときに利用するファミレスが、近所にある。パソコンを使えるコンセント付きのひとり席には独特の雰囲気があり、みな真剣勝負。ノートを広げた学生やら、エクセルの表とにらめっこするサラリーマンが眉間《みけん》にしわを寄せている。座ると自動的に緊張感が伝染し、仕事をやらざるを得ない空気にいい具合に巻き込まれる。

この店には最近、料理を運んでくれるかわいらしい猫型のAIロボットがいる。いつもひそかに感心しているのだが、床のかごに置いた荷物や傘を器用に避け、スーッとテーブルの脇に来る。大きくも小さくもないちょうどいい声——あえて「音量」と書くまい——で、「ご注文のお料理を持ってきましたにゃー」と言い、受け取ると「ご注文ありがとうにゃ」と言って静かに帰っていく。ロボットにありがちな無機質さがなく、なんともほっこりする存在なのだ。

こうやって感じのいいロボットさんたちが、人間に代わって活躍する時代にこれからどんどんなってゆくのだなあと、しばし感慨にふける。

でもな。私は、ある作詞家がテレビで、「ノイズがある場所のほうがよく歌詞が浮かぶ」と話していたのが忘れられない。その彼はとくにシャワーを浴びているときに〝降って〟きて、「あのザーッていう音がいいのかもしれない」と分析していた。

別のミュージシャンは、浴室でメロディを思いつくことが多いので、脱衣所にスマホを置いておき、思いついたらすぐ録音すると何かで語っていた。職種や仕事量は違うが、よくわかるなあと共感した。私もザーッという流水音のなかで、エッセイのテーマや原稿の書き出しを思いつくことがままあるからだ。

自分の場合は皿洗いなどキッチンの水仕事をしているときが多い。あの音が気持ちの切り替えや、無のモードにしてくれる感覚がある。

逆に無音の仕事場で、机に座ってさあ書きましょうと思っても何も浮かばない。もうこれは経験上一〇〇パーセント無理で、取材した話をまとめる仕事はできるが、書籍のタイトルやゼロベースから言葉を紡ぐエッセイなどは全然書き出せない。私の脳は砂がつまっているのかともどかしくなるほどだ。

そういう文章の糸口は、ノイズがある場所ほど浮かぶ。

かといってテレビやラジオはいけない。いちいち言葉に引っかかってしまうからだ。生活の中で手っ取り早く、心地いいノイズが生まれる場所が私にとってはキッチンなのである。

前述の彼らが料理をどのくらいするのかは定かでないが、もしも入浴のように毎日キッチンに立つことがあったら、そこでも歌詞やメロディが浮かぶのではないかと勝手に推測している。

つまり、ノイズは案外大事だという話である。

だから、科学の進化に遠い目になりつつも、いやいやちょっと待てと心のなかで猫ちゃんロボにマウントをとるのだ。どんなにＡＩを搭載したロボットが進化しても、これだけは君に真似できないだろうと。

ノイズの和訳は「雑音」である。皿洗いや入浴のようになんでもない日常の端々に、創造の糸口はあり、いっけん無価値に聴こえるものから生まれるものもある。

なにせ、古池に蛙が飛び込むチャポンという音ひとつから、三〇〇年余も愛され続ける俳句を生み出す芭蕉のような人もいるのだから。

と、集中の聖域でも最近はそんなことをつらつら考えすぎてしまうので、筆が進まないことが多々。あんたのせいだぞとファミレスで猫型ロボをにらんでいる女がいたらそれは私です。

おかんの空き瓶蒐集の謎

最初のマイホームを持った三〇代の頃から最近まで、空き瓶の定数を三つと決めていた。それまで、四つ以上ないから困ったという経験が一度もなかったのでその数になった。

ほかにも、たとえば紙袋は大中小を三枚ずつ、靴は五足というように四角四面に決め込んでいた時期が長い。自由設計のコーポラティブハウスという集合住宅だったので、あらかじめ「何をどこにどれだけ」を決める必要があった。収納スペースには限りがあるため、できるだけシンプルにと心がけていた。

いっぽう実家の長野の母は、何でも溜《た》め込む。父とふたり暮らしなのに、様々な大きさの空き瓶が二〇も三〇もある。驚くのはプラスチックの食品保存容器で、本当に五〇以上あった。『信州おばあちゃんのおいしいお茶うけ』（誠文堂新光社）という著書の取材で県内を歩いたとき、どの家にも保存容器が一〇〇近くあり、実家はどれくらいだろうと試しに数えたから間違いはない。

長野の年配者の家庭の多くは、野沢菜をはじめ家で漬物を作る習慣があり、同じそれでも家ごとに味が違うので、おすそ分けや持ち寄りの機会が多い。入浴施設の正面玄関に「自家製漬物の持ち込みをお断りします」という看板を見たときは吹き出した。みな、たくあんや甘梅やかりんの砂糖漬けなどを保存容器に入れて持参し、風呂上がりにくつろぎながらお茶うけにするからだろう。

そりゃあ、容器や空き瓶はつねに必要だ。

ところが今の私は、空き瓶が欲しくてしかたがない。すぐには集まらないので、一〇〇円ショップで何度も買い足した。手作りの梅干しを、仕事仲間や息子夫婦にちょこっとおすそ分けする際に必要なのだ。

保存容器もいくつか買った。息子夫婦がコロナで自粛生活を送っていた際、何種か惣菜を作って容器に詰めて届けた。ふたりは「おかんイーツだ」と喜んだ。

そのとき、長野の母の気持ちが少しわかった。ああ、作ったものを分けたかったんだな。手間暇かかったものを作る時間のない私のような者たちのために。だからあんなに溜め込んでいるんだな。少し前の自分は、人に分けるほど梅を漬けられなかったし、よその食卓を心配する余裕もなかった。毎日、家族の食事を用意するのが精一杯。それさえままならず外食に頼る日も少なくなかった。

きれいに洗ったちょうどいいサイズの瓶に、自家製のいちごジャムや唐辛子味噌を詰めるような行為は、心にゆとりがないとできない。さらにはあの頃、我が家の梅が今ほどおいしくできなかったのは、分量も干し方も、育児の隙間にやるためか、いろいろと大雑把だったからだと思う。

子育ても一段落し、やっと日々に隙間時間ができ、いくらかていねいに漬物や惣菜を作れるようになったときには子どもはいないので、せめて空き瓶に想いを詰める。

そういうことだよね、と心のなかで母に話しかける。

今、我が家の吊《つり》戸棚には大中小・細長・まん丸。出番を待つ瓶が七、八個ある。何年後かには娘に疎《うと》まれるほど溜め込みそうだから気をつけねば。かつて私がそうだった。捨てられない人なんだなと半ば呆れながら母を見ていた。そうじゃない。愛情を詰めたいから集めているんだと今なら教えてあげられるのに。

捨ててもやめてもいない

娘とフルーツサンドの喫茶店に出かける直前、くぎをさされた。

「ママ、ちゃんとお化粧して」

彼女は思春期の頃から、よくこう言ってきた。「一緒に歩く私が恥ずかしいから」「近所でも身だしなみはちゃんとするべきだよ」。

しばしば女の子のいる母仲間からは、「うちも同じよ」と共感される。

「そんなに変じゃないでしょう」と言い返そうものなら、「寝起きみたいでみっともないよ。女を捨てた人みたい」。

私はこの「女を捨てる」という言葉が引っかかるのだが、とっさに上手く切り替えせない。そしてあとから悶々と考え続ける。

まず、捨てるものではない。

どうしても言いたいなら、〝女を忘れているように見えるよ〟だろうか。子育てと仕事の両立に四苦八苦していた一時期、〝捨てた〟つもりはないが、身だしなみを整えたり、ファッションに気を使ったりする余裕がなくて、そういう作業を忘れていたことはたしかにある。というより、これだけ他者の多様化を認め合おうとしている時代に、「女を忘れている」の〝女〟の正体も、自分でよくわからなくなっている——。

あるとき、共働きの若い男性編集者がふと漏らした。

「僕が子どもを保育園に送っていく前に、髪を整えようとすると、妻に〝男はそんなことしなくていいから早く連れてって〟って言われるんです。それって変じゃないですか？ 男だっておしゃれでありたいと思うから、鏡も見たいし髪も整えたいのに」

私でもその場にいたら、よく考えず彼のパートナーと同じことを言いそうなので、ハッとした。

おしゃれや身だしなみに気を使うというひとつの行動に対する解釈が、男と女でこうも違うとは皮肉なものである。

女を捨てる、忘れるということばかりにこだわっていた自分は、視野がずいぶん狭くなっていたなあと彼の話から気づかされた。

似たことは、ほかにもたくさんありそうだ。悶々とこだわっていること自体が、森から見ると小さな枝葉の話で全体が見えていないというようなことが。

最近は、娘に言われたら少し整えるようになった。そうすると自分も気持ちがいいからだ。

そう、私はネイルを施してもらうのが好きなのだが、女を忘れたくないからではなく、プロがきれいに整えてくれた爪を見るたび、ちょっと嬉しく気持ちがはずみ、心地良いからだ。

自分が心地良いというものさしを軸にしたら、男も女も、捨てたも忘れたも、関係ない。日常の小さなもやが、ゆっくり気持ちよく晴れてゆく。

餃子の不思議

「手作りの餃子って、誰がどう作っても、何を入れても、焦げてもなんでもおいしいもんですねえ」

三四歳までほとんど台所に立ったことのなかった男性が、妻との別離を経て料理に目覚めた。そのきっかけが餃子だったという。

友達夫婦が彼を励まそうと、自宅での手作り餃子パーティに誘ってくれたらしい。何気なく参加したら皮から作っていた。見よう見まねでチャレンジしてみると予想以上にとても楽しく、めちゃくちゃおいしかったのだと目を輝かせて語っていた。

私にも記憶がある。

結婚して間もない頃、何度か皮から作った。

料理に興味のない人でも、餃子を生地から作ると独特の感動がある。料理がぐっと自分に近くなったような。食べ物は一から作れるのだと、自分の手から知る喜びは格別だ。

柔らかな耳たぶのような生地をこねる心地良さ、ぱらぱらした粉末が平たい生地に変わっていくときのわくわく感。

生地さえできれば、具の味付けが適当でも、おいしさは絶対に損なわれない。自信もくれる。

しみじみと、餃子の皮は偉大である。

たとえばおひたし屋や煮物屋というのはないけれど、餃子屋はある。あれはひょっとしたら、皮から作る楽しさと、誰からも喜ばれる快感が毎回半端なく大きいので、何年も同じものを作り続けられるのでは。餃子が嫌いという人にも、会ったことがない。

餃子の彼は、今は、ベーコンハムチーズトーストをフライパンでこんがり焼くことから一日が始まるという。トースターでもホットサンドメーカーでもなく、フライパンというところがワイルドだ。

自分のあれが悪かったのかこれかとネガティブになりかけていた彼と、餃子との邂逅を嬉しく思った。餃子は、ひとりだけのためにはあまり作らない。皮からなら、なおのことそうだ。たくさん作ってみんなでワイワイ食べたい。つまり、皮から作る餃子は、〝誰か〟がセットになっている。だからよかった。

彼は、パーティができないコロナ禍は、全国各地から名店の冷凍餃子を取り寄せて、セルフで楽しんでいた。餃子がテーマのインスタを立ち上げ、食レポをアップする。画面上で全国の餃子好きと情報交換をしたり交流をしたり。限られた条件の中でできることを探して楽しむこと、もっといえば自分のきげんをとるのが元来上手い人なのだ。友達に誘われたときに料理を一度もしたことがないのに参加したのもきっと、楽しそうな予感がしたから。

私も週末あたり家族用に餃子を皮から作ってみようかしらん。

どうやら手作り餃子熱は伝染するらしい。

愛してやまないあれ

きっと多くの家庭がそうであるように、スマホの普及と反比例して我が家は全員テレビを観なくなった。娘など一週間にトータル三〇分も見ないのではないか。ところが人気ドラマには、やたらに詳しい。スマホでしっかり鑑賞しているからだ。

子どもが幼い頃はテレビを目の敵《かたき》のようにして、どう視聴時間を減らすかあくせくしていたのに。今はあの大きな四角に八つの目が集まらないのを寂しく感じるなんて皮肉なものだ。

そもそも、世代も性別も趣味嗜好《しこう》も違う家族四人が、ひとつの番組に熱中するのもそれはそれで不自然だし、私自身振り返ると中学くらいから、できればひとりでテレビを観たかった。

けれども我が家には、息子が独立し、娘もバイトや芝居に忙しい今でも、会うと「あの週の、見た？」と共通の話題にのぼる番組がひとつだけある。

木曜深夜のお笑い番組だ。複数の芸人がひな壇で語るだけのシンプルな構成で、毎回ワンテーマで六〇分。おもしろ味は個々のトークの実力のみに委《ゆだ》ねられている。子どもが小学三年くらいから家族全員、かぶりつきで観るようになった。

今は〝毎週録画〟という設定にしていて、それぞれ好きな時間に観られる。あれおもしろかったよね、あの芸人意外に話上手いよねなどと話すともなく話す。

長男の妻も番組のファンなので、ふたりでも延々と話す。若夫婦の新居で、録画したそれを全員で観たこともある。テレビ離れ、茶の間離れが進んで久しい現代において、これはちょっとレアケースではと、最近あの番組の価値を見直している。そこに流れていた時間が私や家族にもたらしたものは、案外小さくないぞと。

木曜というのは、月曜から始まった学校や仕事の疲れがたまる頃でもある。あるいは、対人関係かなにかでひとつふたつ小さなトラブルが起こる頃。たいていは取るに足らないささやかなモヤモヤである。明日に持ち越したくないが、すぐに解決できるものでもない。そんなとき、私は意図的にあの番組に照準を合わせる。

入浴や家事をやり終えて、きっちり一分前にはテレビの前に座ろうとする。

ゲラゲラ声に出して笑っているうちに、気持ちがほぐれるのがわかる。放映の一時間は忘れていられる。終わると、「あーおもしろかった」と自然に声が出る。そして、笑いジワのはりついた顔で床につく。

起きたら、モヤモヤは半分くらいになっている。すっかり消えていることだってある。

経験上、夜中の考えごとは、どうも内省的でネガティブ思考になりがちだ。むりやりにでも笑いのなかに身を置くと、小さなことをくよくよ考えるのがめんどうになり、肩の力が抜け、思考の深掘りが収まる。

それがいい。

一説には、笑うとナチュラルキラー細胞とやらが活性化するので免疫力が高まるという話もある。海外では、治療の一環としてコメディを見せる病院もあると聞いた。難しいことはわからないが、一五年余毎週木曜日に観続けてきた経験から言うと、ちょっとした悩みや不安、モヤモヤはさんざん笑うと消える。これだけは間違いない。

もうひとつ我が家には効用があった。思春期の難しいときも、お笑いが好きという家族四人唯一の共通の嗜好にだいぶ助けられた。

毎週繰り返し録画する機能がないビデオの頃、「録《と》っといたよ」「お、ありがと」。口数が少なくなった息子や娘との小さなかすがいになってもくれた。「ママ、始まったよー」と呼ばれることもあった。遅い時間に始まるのだが、早く寝ろと言ったことは一度もない。親の笑い声が聞こえるなかで眠れるはずがあるまい。

関西生まれの夫は元来、新喜劇やお笑いの舞台が好きだった。無防備に笑い転げている親を見て、子どもたちも自然にハマっていったのだと思う。

なんだか番組の宣伝みたいになってしまった。

木曜の一時間。茶の間で、個室で、新しい家族のいる別の家で。同じ空間、同じ時間に観ることはなくなったが、共通の話題はなくならず、なんとなくつながれているような気持ちになれるのはあの番組のおかげである。

人生はいろいろあるけれど、声に出して笑うとだいたいのことを一瞬忘れられる。悩みのしみが小さくなる。私は始終小さなことでくよくよしがちだが、人生も子育ても、だいぶ笑いという芸に救われたところがある。

たとえば悩むことがあったら、ひとときでも無防備に笑える場所を探して。しんどくなりかけたら、こんな能天気な家族の拙《つたな》い話を思い出してほしい。

ストレスと神様

たとえばどうしても合わない人がいたとき、なんとか折り合いをつけて仲良くしようと誰しも努力する。

我が子がそのような人間関係に悩んでいたら、「自分にも問題があるかもしれないし、お互い様。相手のいいところを見るようにしよう」などと助言しがちだ。

心理カウンセラーの方だったか、サイトで「どうしても合わない人がいるときは、信じている神様が違うと思ったら、楽になれますよ」と書かれていた。「人間は違って当然と言われても、言葉では理解できても、気持ちがついていかない。でも、信仰が違うと言われれば、価値観も異なるのは当然だし、自分のそれを一方的に押し付けるべきではないとすんなり思えます」。

なるほどと、心がゆるんだ。

おとなになればなるほど、仕事など利害関係が絡んで人間関係は複雑になる。

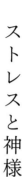

そんなとき、「あの人とは信じている神様が違うのだ」と思えば、「その神様のことはよく理解できないからあの人も嫌い」とはならない。相手の人格を徹底的に嫌いにならずにすむところがいい。

そう感心していたら、ある編集者がラジオの話を教えてくれた。

なんでも、在宅ワークでラジオを聴くことが増えたそうで、あるパーソナリティがリスナーからの便りに独特の対処をする番組の一コーナーが、お気に入りなんだそう。

「リスナーのうまくいかないことやストレスを感じたことを、〝低気圧のせいですね〟〝月曜日のせいですね〟などと、〝お焚き上げするコーナー〟がありまして、これが結構おもしろいんですよね～。私達って〝うまくいかないのを何かのせいにしてはいけない〟って、思いがちだなあと。でも、月曜日だもんね～、低気圧だからね～って言い合えたら、なんだか笑って済ませられるような気がして。それって平和でいいなって思いませんか」

思いつめたからといって、いい結果になるとは限らない。むしろその逆のほうが多い。自分の怒りやストレスやこだわりをうまく逃す。上手に手放したり、自分を上手になだめたりすることができるおとなに憧れる。

私はもういい年であるが、まだまだ人間ができておらず、修行中だ。

いや、修行なんて思うから息苦しくなるのだな。

自分や誰かを責めるのではなく、気圧や月曜日や、信じている神様のせいにするくらいが楽ちん。そういうなだめ方をひとつでも多く持っている人が、じつはいちばん強いと最近わかってきたところなのである。

君だったのか

初めて歩いた街の古道具屋で、白い陶製のソルトミルを買った。できれば岩塩《がんえん》用と胡椒《こしょう》用のふたつほしかったのだが、ひとつしかない。手に馴染むちょうどいいサイズである。胴体部分が陶器で、頭と刃のついた底が木製だ。底に「Made in England」とある。私は長い間、理想のミルを探していたので、やっと会えたぞと気持ちが躍った。デザインもあたたかみとオリジナリティがあり、使い継がれてきたような独特の存在感がただよう。

あんな遠いところから、海を渡ってやってきたのかと思ったら、ますます嬉しくなって買い求めた。胡椒用はまたどこかで、偶然の出会いを期待しよう。

勇《いさ》んで帰宅し、さっそくヒマラヤ岩塩を入れた。……あれ、動かない。粒が大きすぎたかなと、金槌で叩いて細かくした。やっぱりうんともすんともいわない。一ミリも、頭の部分が回ってくれないのだ。

なんだぁー。風船のようにふくらんでいた気持ちがみるみるしぼんだ。調理道具はその場で試せないし、見てくれだけで選んじゃだめだなと、深く反省。しかし、捨てるにはデザインが素敵でしのびないので、台所のオブジェとして二回の引っ越しにつれてきた。

それから七年。

理想のソルトミルには会えず、間に合わせを使っていた私は、ミルを専門に作る木工作家のインスタを見て、友達を「雑貨屋で販売するみたいだから見に行かない?」と誘った。

大学で美術講師をしている彼女は、手先が器用でDIYが得意だ。私の住まいのペンキ塗りや台所の小さなリメイクも、買って出てくれた。クラフトや木工のプロダクトも大好きで、「いいですね。行きましょう」と、ふたつ返事だった。

店には理想通りの形とデザイン、手触り、風合いのミルが並んでいた。ところが、すべて一点物の手作りで、二万円近い。私は肩を落とし、彼女に「残念だけど、ミル探しの旅はまだ続けることにするよ」と言った。

「そうですね。手間を考えると適正価格だろうし、とっても素敵なんだけど、ちょっと躊躇しちゃう額ですよね」

私は、例の古道具のミルの話をした。

「じつは昔、古道具屋で理想のミルを買ったんだけど、全然挽《ひ》けない不良品だったのよ。

つくづく、素敵なミルとは縁がないんだなー」

するとと、彼女が明るい表情で言った。

「だったら分解して、刃の部分だけ買ってきて付け替えればいいじゃないですか！　ほら、これだってあれだって、刃の大きさは一緒ですよ」

店頭に並んでいたミルの底を見せる。胴体の形はまちまちだが、たしかに刃の部品は同じだ。

「きっと取り外せますから、そんなに気に入っているんだったら一度分解してみてください」

なるほど。不器用な私にできるかどうかわからないけれど、まずは分解にチャレンジしてみよう。どうせ動かないのだから、壊れてしまったとしてもあきらめがつく。

その日、七年ぶりにソルトミルをまじまじとながめ、上下をひっくり返した。注意深く頭のつまみを外してみる。

ん？　なんだ？　空っぽのはずのミルの刃と刃の間に小さなピンクの粒がひとつ詰まっている。菜箸で取り出すと、岩塩だった。

もしやと、手持ちの岩塩を入れて回してみた。ガリガリガリ。僕ずっと現役で動いてましたよとでもいうように、調子良く回転する刃先からは、細かくなった塩が元気よく飛び出てくるではないか。

ピンクの一粒をつまみあげ、はぁーっと深い息を吐いた。あのとき動きを止めていたのは君だったのか――。

自分のあわてんぼうぶりが恥ずかしいが、すぐ友達にソルトミルの写真を送って報告すると「このデザインかわいいい！　生き返ってよかったですね」と返信が来た。

彼女は引っ越しのときも、私が、「ドアや壁が自分のイメージと違うんだ。リフォーム業者に頼まなきゃかも」とこぼすと、「まず自分の手でなんとかしましょう」といろんなアイデアをメールで送ってきた。

脱衣所はペンキを塗り、収納扉は、金メッキの取っ手から黒い鉄製に付け替える。やってみると、それだけでがらっと印象は変わった。

私は「なかったら買う」とつい考えるが、彼女の発想はいつでも、買う前にまずは「あるものを生かす」。

塩が詰まっていたという他愛もない話であるが、なにごともまずは自分の手で作ったり直したりする彼女がいたから、私は自分のドジに気づけた。彼女がそういう考えの人でなかったら、我が家の理想のソルトミルは、この先も眠ったままオブジェと化していた。七年ぶりに毎日働き出したソルトミルを挽くたび、ありがたやという気持ちになる。捨てないでよかったな。あのとき彼女に話してよかったな。

さてさて、理想のペッパーミルはいつ見つかるだろう。

二章

住まいと旅

あのときの空もきっと

池田晶子さんは随筆集『暮らしの哲学』（毎日新聞出版）で繰り返し、「この世は驚くべき当たり前に満ちている」ということを書いている。当たり前と思っていることのひとつひとつが、じつは驚くほど美しかったり、素敵だったり、感動に満ちているのだと。さらに、薫風《くんぷう》の気持ちよさは、若さという生命が輝いている最中には気づかないものだとも綴る。

本書は亡くなる前年、雑誌に連載していた作品をまとめたものだ。病と戦いながら、なんでもない頬を撫でる五月の風の本当の心地良さに気づく歳月を記した。私は読み返すたび、人生のはかなさと池田さんが遺したメッセージの重みに胸が震え、しばらくその先を繰れなくなる。

翻って私の家の話であるが、越して二年余の仕事部屋からは空が見える。

旧居の窓のむこうは隣家だったので、とりわけありがたく感じ、パソコンの先に広がる透き通った水色やオレンジや群青に、始終目をやる。

引っ越し魔なので、空が見える窓は昔、借りていた家でも経験している。当時も三階に仕事部屋を陣取り、小窓から見える屋根越しの空に最初の一〇日ほどは興奮した。しかし、すぐにいつも当たり前にあるその風景を、気に留めなくなった。

当時、子どもは中学生と高校生。仕事と食事作りで一日があっという間に終わっていく。学校、塾、部活と帰宅時間がそれぞれ違うので、弁当作りやら食事やら、いつもドタドタと二階の台所へ飛び込んではさっと作って食べさせ、また仕事場に戻るというせわしない日々だった。

あのときの空も、きっと美しかったに違いないが、私は気づかなかった。

今は、夕方ちょっとベランダに出る。わかっているはずなのに、「きれいだなあ」と毎日同じ言葉が漏れ、芸がないなあと苦笑い。形容詞は一緒だが、同じ夕焼けは一度もない。消えかけのろうそくの炎の外縁のような、淡いだいだい色の日もあれば、焦げそうなオレンジや墨色が混じったマーブルの日もある。そしてゆっくり東の街から沈んでゆく。けれども仕事と育児にいっぱいいっぱいだったあの頃、この家に住んだとしてもやっぱりわからなかっただろう。

この世が驚くべき当たり前に満ちているということに気づくのに、私は五〇年余かかった。気づきはしたけれど、まだ一〇〇のうち三七くらいしか見られていない。耳を澄ましたり、目をこらしたりするというより、心を澄ましたい。もう、作った端から丼いっぱいのごはんをかきこむような息子もいないし、娘も社会人だ。声をかけられたら嬉しくて何でもかんでも仕事を引き受けるような年齢も過ぎた。

たくさん心を澄ます時間があるので、驚くべき当たり前を堪能《たんのう》したい。もっと森羅万《しんらばん》象《しょう》すみずみまで慈しみたかったであろう池田さんの分まで。

朝七時のいなり寿司

最近、マンションを売却し、中古の戸建てに移り住んだ。

住み替えは自分で決めたことながら、引っ越しが迫るほどに寂しさがつのり参った。住まいを完全に手放すというのはこうもせつないものかと、とくに引っ越し前夜はこみ上げるものがあってなかなか寝付けなかった。

あの壁のピンクのシミは子どもを叱ったときにイライラして人参を投げつけたときの跡。この部屋は、田舎から子育てを手伝いに来てくれた母がよく泊まったな。この柱で娘と同じマンションのR君が小さい頃かくれんぼしてかわいかったよな……。

次々と思い出が湧き出てくる。新居のリフォームに胸膨らませていたそれまでが嘘のように、最後の夜は泣きぬれた。

とはいえ、越す先は徒歩一〇分。大げさな別れでもない。なのになんでこんなに泣けるんだ？　自分の心の揺れにとまどう。

引っ越し当日。

二トントラックが朝八時に来る。慌ただしく身支度をして外に出ると、ドアノブに紙袋がかかっていた。R君ママからの差し入れだった。〝お手伝いできなくてごめんね〟とメモが入っている。ぐっときたが、感傷に浸っている暇はない。私は紙袋と貴重品を抱えて先に新居に行き、掃除や引っ越し作業の準備をした。

午前十一時過ぎ。作業の合間、つかの間の空白時間ができ、夫も新居に来た。がらんとしたリビングで「今のうちに腹ごしらえをしておこう」と、あの紙袋を開いた。

パックに色とりどりの具材がのったいなり寿司がきれいに二列、並んでいる。あなご、錦糸卵、桜えび、じゃこ、柴漬け。こんな美しいトッピングのおいなりさんは初めてだ。

「おいしいね」

「うん」

「ありがたいね」

「せやな」

言葉少なにふたりでしみじみと頬張る。

じんわり、理由のわからない涙がこみ上げてくる。嬉しさと寂しさとあたたかさが入り混じったいろんな涙。あのママも働いている。朝七時台にこれを届けるには、何時に起きて作ってくれたんだろう。出勤前、自分の家族の食事の用意もあって忙しかったろうに……。

仕事が遅くなるときは互いに子どもを預け合い、幼い頃は風呂にも入れてもらい、あとは寝るだけの状態で帰ってくる。うちが預かったある日、彼女が「これ、明日食べて」と家族四人分のドーナツをお礼に持ってきた。

翌朝は、食事の用意をしなくていいのでとても助かり、私が預かってもらったときは真似するようになった。遅くまでやっている駅近くのドーナツ屋で買ったり、パン屋さんだったり。お礼の品を探さなくてもいいし、互いに負担にならず、もらった方は翌日助かる。

そういうさりげない気遣いが昔からできる人だった。

長男（R君兄）同士がおない年で、去年息子の結婚式に参列。先日は新居にシャンパンと、チーズとハムを山盛り持って訪ねてくれたらしい。

「俺が絶対買えないデパ地下の高そうなやつばっか！」と、写真が送られてきた。若い夫婦で家賃や生活費にキュウキュウとし、贅沢できないのを見越しての気遣いかもしれない。

あのママの子だなあと、写真を見ながら口元がほころんだ。

そのとき、自分は近所に出たり入ったりしつつものべ二一年かけて親子それぞれに心のつながりを育《はぐく》んだ場から離れることが悲しかったんだと、眠れなかったあの晩の気持ちのありかがわかった。

少し離れた場所で、つながりはこれから熟成していく。さっそく越した翌月、R君ママとふたりで一泊の小さな旅をした。いつしか、子どもの話題が出ることは殆どなくなっていて、これからやりたいことや今打ち込んでいること、仕事の愚痴やら実家の家族の話が止まらない。

あのカラフルないなり寿司はひとつの関係性の区切りの味で、終わりでもあり始まりの合図でもあった。一枚だけ撮った差し入れの写真をながめると、今もじんわり特別なあたたかさに包まれるのである。

おしゃべりな入相の空

仕事場は自宅の三階で、天窓含め三方に窓がある。机は南に向いていて、西側の開口部は小さなバルコニーに通じる。

夕方、正面の南の空が染まり始めるのに気づくと、ほんのひとときバルコニーに出て、夕景を眺める。毎日、色味もグラデーションも違う。そのことに飽かず毎回驚く。

夏は燃えるような夕日。秋は鮮やかでダイナミック。冬は透明感と繊細な濃淡。空は季節で性格が変わり、日々で微妙にきげんが変わる。

眺めると言っても毎回ほんの一、二分。すぐに仕事場に戻る。同じ空は二度とないので、ささやかな楽しみになっている。

古人は、夕暮れを入相《いりあい》と呼んだ。太陽が大地と入り混じって、光でも闇でもない一瞬の時を照らす呼び名に、この漢字はぴったりだなあと勝手に解釈し魅了されている。

日本人が桜にとりわけ深く惹かれるのは、満開の華やかさと一瞬で散りゆく儚《はかな》さに起因するとよく言われる。私は入相を見るたび、桜と同じ気持ちを抱く。ただただ、ため息が出るほどに美しく、少し目を離した隙に闇に消えてしまう一瞬の儚さ。入相の空は、桜よりもっと薄命だ。だからつい来る日も来る日も、バルコニーに出て空を眺めてしまう。

入相どきは、私にとってその日の執筆のクライマックスに入る合図でもある。午前一〇時から書き続けた原稿の仕上げどき。起承転結なら、「結び」の部分になる。チクチク縫ってきたものを広げて、全体を見ながらいちばん肝になる部分を仕上げ、最後にすみずみまで点検するような。

「相」という字には〝互いに〟という意味がある。細部と全体をつなぎ合わせる、大事な時間だ。空にとっても、入相どきは一日のフィナーレといえよう。

この家に越す前は住宅に囲まれたマンションの二階で、ここまで空が近くなかった。自分と空との距離が近くなると、ひとつだけデメリットがある。空のきげんに自分が引きずられそうになることだ。笑うように晴れていた空のむこうに、不穏な鼠色の雲が見えると「今晩は月が見えないんだな。ちぇっ」と、たまに思ってしまう。今日は景気のいい秋晴れで、夕焼けも月もきれいだろう。やったね。

思い出はガイドブックからこぼれたところに

フランスを旅したとき、有名な寺院やレストランより、パリの路地の名前もわからぬパブで、ジェムソンというどの店にもある大衆的なウイスキーを飲んだことをいちばん覚えているのはなぜだろう。海外へ旅がしにくくなって久しいせいか、不意にそんななんでもない記憶が日常の隙間に蘇《よみがえ》る。

その店は簡素な作りのなんの変哲もないキオスクのようなパブで、カウンターと小さなテーブルが二つか三つ。まるで事務用のような丸椅子の座面はやや硬い。女性客はひとりもおらず、重いサッシのガラスドアを押して女友達と入ると、三、四人いた労働者風のおじさんたちがいっせいにじろっと見る。彼らはすぐに、なんでもないように自分のグラスに視線を戻し、おしゃべりを続けた。壁の上にはテレビがあり、サッカーの試合を中継していた。つまみのメニューはなかったように思う。

私達はサッカーを見ながら、おじさんたちが飲んでいるのと同じジェムソンを一杯ずつ飲んだ。よくある角氷で、こだわった入れ方ではないのに、なんだかやけにおいしかった。おじさんたちと会話するわけでもない。だが店内は三、四人なので、なんとなく顔を覚えてしまう。あの日あの瞬間、同じ酒を飲みながら小さな空間で、サッカー中継を見ているという確かな一体感が、そこにはあった。近所の人達に混じって、一瞬旅人であることを忘れさせてくれるような居心地のいい時間だった。

それからしばらくして、仕事でアイルランド西部に行った。撮影も取材も自分ひとりでこなす緊張感に満ちた旅で、夕食は日本人コーディネーターの家でごちそうになる。食事後も撮影写真の整理があり、疲労ですぐ床につく毎日であった。

明日で取材も終わりという夜、「今日くらいは一杯行きましょう」とコーディネーターが、その地域で唯一のアイリッシュパブに連れて行ってくれた。

峠の中腹にぽつんとある一軒家。店名は覚えていない。近所のアイルランド民謡愛好家たちが、フィドル（バイオリン）やアコーディオンを持ち寄り、くつろいだ雰囲気のなかでセッションをしていた。客は演奏者をぐるりと囲み、みなうまそうにギネスビールを飲みながら聴き入っている。次々と立ち寄った順に、輪の外側の席が埋まっていく。コーディネーターの彼女は、「ギネスの生ビールはアイルランドのどの店にもあるけど、店ごとにちょっとずつ味が違うんですよ」と教えてくれた。この店はとくに評判らしい。大きな専用グラスになみなみと注がれた黒褐色の液体は、コクが強く、苦味とのバランスが絶妙。そして泡はどこまでもクリーミー。たった一杯だが、人生のベスト3に入るおいしさであった。

仕事の達成感と、緊張感がほどけたことも大きいだろう。でもそれ以上に、地元の小さな店で近所の人に混じって地の酒を飲むあの空間と時間が、おいしい記憶の上乗せになっていると思う。

旅の記憶は、ガイドブックからこぼれたところに色濃くにじむ。

灯りと私

前の家は、コーポラティブハウスという自由設計の集合住宅である。一戸ごとに設計士が付き、さまざまな相談に乗ってくれる。

私と夫は初のマイホームに夢をもりもりつめこんで、引きだしのつまみひとつにまでこだわった。我が家担当の設計士は照明計画にデザインセンスが光ると評判だった。

その彼に早くから、「リビングのメインの照明はどんなのにしたいですか」と聞かれていたのだが、間取りやら設備やら家具に夢中で、照明に気が回らない。明るさといえば太陽光で、そちらにばかり執着していた。

一日延ばしにしているうちにとうとう時間切れになり、設計士に「私達ノープランなのでおまかせします」と丸投げしてしまった。

すると、コンクリート打ちっぱなしのようなモダン建築を多く手掛けてきた彼は意外にも、傘が直径九〇センチの大きな手漉《てす》き和紙製の円形照明を提案した。カタログで見た第一印象は「地味だな」。和紙なんて行灯《あんどん》みたいにぼんやりしていてリビングには不向きでは、とも思った。だがおまかせした以上、文句は言えない……。

入居当日。初めてそれを見た瞬間、おおと自然にため息が漏れた。

和紙を通した黄身色の光はあたたかく、何もかもが新しい室内を優しくどこか懐かしげな風情で包みこむ。そう、〝照らす〟というより、〝包む〟イメージなのだ。淡くやわらかく、手漉きの不規則な模様が陰影を作る。新築なのに、部屋全体から不思議な郷愁を感じたのは、和紙の傘がもたらした効果だろう。

それから二〇年余。越した今の家でも、リビングの中央で日々を淡く照らしてくれている。同じものがふたつとない手仕事の風合い。破れたところは紙でつぎはぎをした。それもまた味わいだ。

設計の頃は太陽光ばかり気にしていたけれど、一日の半分近くは夜。すべてをきっちり照らさない、控えめな存在感だからこそ歳を重ねるごとに愛おしくなると、設計士の彼はわかっていたんだなあ。

強く完璧なものより、不揃いでもぬくもりが感じられるものにいよいよ惹かれる年齢になった。

畳の庭

人生に庭は必要だと思う。猫の額のようにどんなに小さくても、あればあっただけ幸福になれると、私はかたく信じている。

一五年ほど前。マンションを飛び出して何年か、古い木造家屋に住んだ。借りるときの決め手は庭だった。木瓜《ぼけ》、松、槇《まき》、ほおずきにあじさい、山椒の木がある。中央に池もあって、この先、こんな庭のある家に住むことはもう一生ないだろうから、後悔しないように今住んでおこうと、勢いで予算オーバーのそれを無理して借りてしまった。払えなくなったら、安いところに越せばいいのだから、と。

毎朝、二階から下りてきた家族の誰もがまず一回、茶の間の前に広がる庭を見る。夫は庭に出て、一服してから洗面所に行く。

私は、庭の隙間に植えたシソやミニトマトの行方を確認してから、台所に向かう。

茶色い手を持つものぐさで、ガーデニングするほどまめではないので、もったいないことに庭はいつだって伸び放題の小さなジャングルのようだった。それでもなんでも、緑がそこにあるという事実が、毎朝もれなく人を元気づけてくれた。

若葉も紅葉ももちろんいいのだが、枯れ行く様をただ毎日見届けるのも悪くないものだと、住んでいくうちに気づいた。

枯れて、しおれて、葉を落とし丸裸になっていく木々を見ながら、燦々《さんさん》と太陽を浴びて青々と輝いていた頃に思いを馳せる。今年も一年が無事終わるなあと、誰かに感謝したいような気持ちになる。

庭がなくて、花瓶に花を挿していた頃は、枯れたらおしまいだった。だが、庭を見ていると、枯れたその先に未来があることを信じられるようになる。青々とした葉の残像が脳裏にあり、また必ずそのときがやってくることを知っているから、この休息の季節を穏やかに受け入れられる。これはまさしく、人生そのものじゃないかと思った。

庭のクライマックスは、まぎれもなく秋である。

静かに休息する前に、実がなり、葉が色づき、最高の輝きを見せる。そして、徐々に枯れてゆく。葉脈が茶色の繊維だけになったほおずきは、美術品のように美しい。そんな自然の産物は、ごくたまにしか生まれなくて、たいがいは、鳥がほおずきの実を食べるために萼《がく》を突き破ってしまう。だから、毎年、美術品が残るのはひとつあるかないか。秋の早朝、無事にそれが残っているのを見つけると、今日も一日いいことがありそうだという気になる。

小さな自然のうつろいがこれほど、自分の毎日に力を与えてくれるとは。借りる前は想像もしていなかった。

では、庭がない人はどうしたらいいか。

マンションにベランダさえない場合もある。そういう人が緑を楽しむ方法とは。あるとき、庭師でもあり禅僧でもある人に尋ねた。彼はやさしく答えた。

「障子越しに畳にうつる太陽のゆれる影。淡い光。それを美しいと思える人なら庭はありません。その人の心の中にね」

ないけれど、ある。禅の庭をつくる人の、その奥深い発想に打たれ、私はしばらく、立ちつくしてしまった。

それから四回越した。今の家には庭がないが、眼前に緑道がある。それが最大の決め手だった。

愛の距離

住まいに関する執筆が多いためか、新居を購入する人から、しばしばキッチンのコンロはガスがいいかＩＨがいいか、と相談される。

私は、日常のなかでじかに火を見る機会がなくなってしまうから、と迷わずガスを勧める。本当はもっと理由があるが、それは話せば長くなるし、叙情的な部分におうところが大きいので説明が難しく、省いている。

火を使うと、その場だけが暖かくなる。「そこだけ」というのがいい。

我が家はガスストーブも使っていて、子どもが小さい頃冬は家族全員、どうしてもその周りに集まってしまう。部屋全体が暖まらないので散らばって欲しいのに、丸いストーブの周りに集まり、自分の身体の少しでも広い面積を火にあてようと、無言の戦いが始まる。

長年愛用のそれは少々特殊なデザインで、ストーブの上面が熱くならず、腰掛けることができる。座れるのは限定一名。だから、戦いが始まるのだ。

四人もいると、ただただ騒々しいだけだが、恋人同士ならぐっと様子は変わるのだろう。静かに音楽でもかけて、ワインを飲みながらストーブのそばで炎ごしの恋人を見つめる。そんな冬の夜は、映画みたいじゃないか。

エアコンは隅々まで暖めてくれて便利だから、各々好きな場所にいられる。だからひとつ屋根の下にいても、ばらばらとひとり活動になる。ストーブは周囲しか暖まらないし、暖房効率も悪い。生活の道具としてはアナログで、エアコンよりずっと不便だけれど、いやがおうでも家族の距離を近づける。子どもが巣立った今は、とくにあのぎゅうぎゅうが恋しい。

いや、子ども部屋まで全室エアコンの家に越してから、それもとっくになくなっていたな。

便利だからこそ、失うものもあるよ。

そう伝えたいのだが、長くなるのでやっぱり「ガスコンロにしないと、子どもが一生炎を見る経験ができなくなるから、ガスがいいよ」と、短く説明している。炎は愛をひきつけますよなんて、センチメンタルすぎる。

二月のピンク

近所に桜並木がある。今は若々しい新緑が五月の空をさらに明るくしている。桜の木がそばにある生活は、毎日が発見の連続だ。

越してきて、いちばん驚いたのは二月である。窓から眺めながら家人が言った。

「緑道全体が、ぼんやりピンクがかってる」

花も葉もない丸裸の木を相手に、なんのことを言っているのだろうといぶかしく外を見る。そういわれると、たしかに全体になんとなくふわりと明るい。どこがと言われるとうまく表現できないのだが、たしかに昨日や一昨日の木とはなにかが違うのだ。

駅に向かう途中、枝に目を近づけ「あっ」と声が漏れた。

枝先の硬そうに見える茶色の花芽がふくらみ、ほんのり赤みを帯びている。ピンクとまではいかない。よく見ないとわからない赤茶色。

これだったかと小さく胸が震えた。

毎日見ているつもりなのに、見えなかった。枯れ木にさえ見える枝々の端で、春の息吹の準備を人知れずしている姿にしびれた。

たくさん集まると薄紅色の妖艶にも見える空気をまとう。桜ってすごいなあとしみじみ感心した。

若葉も同じだ。花が散り始めた枝先から緑の新芽がのぞき、出番を待っている。それだけで並木全体から今度はほのかにグリーンの空気が漂う。そのうち目に見えて〝若葉萌ゆ〟の清々しくまぶしい緑に覆われるのだろう。そうなると、私などはあのほのかな頃の喜びを忘れかける。

始まりは、よくよく見ていないとわからないものだがもう始まっている。たとえばこの文章も、あの二月からじつは私の中で始まっていたともいえる。

この年になっても、二月のピンクのように、知らなかったことはまだまだたくさんある。

小さななにかが生まれるときの感激や感動をひとつでも多く見つけたいし、忘れないでいたい。

我が家の漏水事件、一カ月の顚末

自宅が漏水した。保険や業者手配の関係で修繕までに一カ月かかった。その間、トイレやキッチンで水を使うたび、外の水道の元栓を開けに行った。朝晩の寒さがきつい日はとくに堪えた。また、三階のトイレを使用するたびに、外に出て開閉をするのには辟易した。ところが自分でも驚くことに、あれこれ工夫して限られた時間内で水仕事をこなしていくうちに、なんだかちょっとおもしろくなってきたのである。

元栓を開けると、漏水したままになるので、朝三〇分、夜一時間と制限する。開栓と同時に「それっ」とばかりに水が必要な作業をまとめてこなす。いきおい家族で協力して、いろんな工夫をするようになった。

朝なら、洗顔しながら洗濯機を回す。洗濯は二回にすると時間がかかるので、毎日一回。次に大急ぎで昼のスープや簡単なおかずを作る。テーブルや家具の拭き掃除、トイレ掃除もこのときに。最後にやかん、水筒、小鍋、ポット、ありとあらゆる容器に水を溜める。

台拭きや床用雑巾は洗って絞っておき、いつでも使える状態にしておく。日中は、いちばん大きなパスタ鍋に水を汲み置き、そこから椀ですくって料理や掃除に使う。

夜は、風呂掃除、夕食作り、皿洗い。キッチンに汲み置いた水は、日中使い終わるので、またありったけの容器に溜める。

外出後の手洗いは、風呂場に水を溜めた衣装ケースを置いて、その都度桶ですくって使う。余った水は風呂掃除に。

いつでもたっぷりあると思っていたものに制限がかかると（そもそも無尽蔵ではないのだが）、いろんな知恵を絞る。パスタ鍋の水をすくってボウルで野菜を洗ったあと、植栽の水やりに使いまわす。限りあるものを最後までうまいこと使い切ったという達成感が、小さな快感になっていく。

祖父母の世代は、だれもが米の研ぎ汁や風呂の残り湯を生活に再利用していた。どの家庭でもきっとこんな感じだったんだろうなあと想像する暮らしは遠い昔ではなく、ほんの数十年前であることに驚く。私の母も残り湯を洗濯や打ち水に使っていたっけ……。

先週、ようやく修繕が終わった。

するとどうだろう。とたんに洗濯物は二日間干しっぱなしになり、毎日やらなくなった。

蛇口をひねれば水が出るのだから、まとめて洗えばいい。〝すぐ洗ってすぐしまわなくてもいいじゃん〟というありさまに。

先週までは気がついた人間が片付け、言葉に出さなくても皆で助け合っていたのに。こんなにもあっというまに全員「あとでいいや」「誰かがやるだろう」が普通になるなんて。

喉元すぎれば熱さ忘れる。不便は人間を鍛えるが、便利は退化をよびこむ。

……よくよく考えれば、漏水に関係なく干したものはまめにしまえばいいだけの話である。そうなんだよな。ずぼらな我が家の面々が、非常時だからちょっとがんばっただけなんだよな。

アウトドアにとんと縁がないが、キャンプや登山の楽しみは、漏水事件でちょっとだけわかった気がしている。それと、次に漏水がおきても慌てないだろうことだけは確かな収穫なのである。

勇気のいる夢

今年こそは旅をしたいなと思う。できれば海の向こうへ。予定をつめこまず、いきあたりばったりで気ままに。コロナ前は、何年かに一度、そんなスタイルの旅をしてきた。

よくよく考えるとこれ、最近はとくに難しい。つい、先に行った誰かのブログを検索したくなるし、食べた気になれるほど親切な写真がSNSにはひしめいている。

結果、旅でも食事でも、「発見」よりも「確認」になることが多い。ああ、本当においしかった、楽しかった。あの人の言うとおりだったな、と。

とりわけコロナ禍は遠出ができず、仕事でもオンラインを多用、ネットとの親和性が今まで以上に高まった。小さな疑問はその場で調べて解決。早くて便利で、〝わからない〟もやもや〟がぐんと減った。

それもあって、こんな願望が強くなった。旅は、知識をつめこまずに出かけたい。誰が「いいね」と言おうが言うまいが関係ない。ハズレもまた楽し。自分の目と足で〝当たり〟

を探したい。自分でふらりと歩いて見つけた「いいね」を、心に貯めていきたい。

息子夫婦が遊びに来て、昔の家族旅行の話になった。

タイでは、著名な寺院やレストランより、田舎の道端で、自転車にかごを積んだおばちゃんから買った餅菓子のおいしさや、歩き疲れて入ったガイドブックに載っていない茶店での会話を、息子も娘も印象深く覚えていた。

あのお菓子、バナナの皮に包んであったよね。

テラスから海が見えて最高だったよね。

調べたお店が行列できてて、隣のガラガラの店に入ったら、マンゴーライスのあとジェラートをサービスしてくれてさ。おいしかったよねえ。

見たこともないもの、知らないものを知る感動は大きい。

旅も人生も、きっと予定通りのあらかじめ用意された感動からこぼれたところに、深い喜びが宿る。

いつか、あてどない旅をしてみたい。なんて贅沢な、そして勇気のいることだろう。

旅の「ぼーっ」

二年半ぶりに、実家に帰省した。

仕事を終え、最終電車まぢかの松本行き特急あずさに乗る。

車窓の向こうの空がだんだん広くなる。青空もいいが、薄墨色の夜もいい。窓に映る蛍光灯や自分の顔をぼんやり見つめる。山梨県の大月あたりで通勤客らしいスーツ姿がぐっと減り、とりどりの紙袋を隣席に置いた旅の客が残ると、車内は一気に東京寄りから長野寄りののんびりした空気に更新される。

帰省、出張、旅行。この季節からの松本行きは登山客も多く、ワイワイ楽しそうだ。

ひとりで長時間、乗り物に揺られるのが嫌いではない。不思議と、動く車窓の景色を見ているだけで次々と仕事のアイデアが湧く。これは昔からで、自分は移動していると想像力が喚起されるタイプの人間なのだと思いこんでいた。

また、知らない町のプールや海辺でぼーっとしている時間も大好きだ。バカンスが嫌いな人はいまいが、とりわけ旅先で、泳ぐでも何をするわけでもなくぼんやりする時間がたまらない。脇に文庫本を置きながらも、じつは読まないことも多い。文庫本は「ぼーっ」に飽きたときに読むお守り代わりなのだけれど、飽きることがないからだ。

私にとっては片道三時間の移動でも立派な旅であり、先日の帰省はあまりに久しぶりで嬉しくて、快適で、行きも帰りも子どものようにウキウキしていた。

旅はいいなあと、コロナ禍の我慢を経てよけいに強く思った。

しかし、昨夜東京の自宅で、スマホを階下に置き、眠りにつこうとベッドでごろごろしていた瞬間に、ふと思った。

旅だからいいんじゃない。移動しているからアイデアが浮かぶわけでもない。日常に〝隙間〟ができるから、旅はいいんじゃないか？

自由に東京の外へ移動できなくなったコロナ禍では、私に限って言えばスマホを開いている時間が格段に増えた。癖のように用事がなくてもスマホを開き、おびただしい情報に目を留める。それぞれ役に立ったり、考えさせられたり、笑ったり、感情と好奇心を刺激される魅力的な情報が多いから、次々とタップしてしまう。

いっぽう乗り物で移動するときは、流れゆく景色に目が行くので、スマホをあまり見ない。すると半ば自動的に、思考や自分の内側と対話をすることになる。次はあんなことを書きたいなあ、まとめたいなあとアイデアが湧いてくる。実現するには、とそれについてさらに思いをめぐらす。

ぼーっとプールの水面を見ているときもそうだ。つまり「考える」時間がたくさんあるから、旅は発見があるし、心地良いのだ。

一日のはざまに思考を巡らす隙間があると、いろんなことを想像して自分で遊べる。

前述のように私は、夜の読書時間を確保したいので、階下にスマホを置いて寝床に入る。疲れて読む気になれないときは、ぼーっと眠くなるのをなんとなく待つ。不思議なものでそんなときに案外大小の愉快なアイデアが浮かぶのである。別に仕事のことばかりではない。近くに迫った家族の祝い事のプレゼントや次の日曜に予約しているネイルサロンで試したいデザイン、明日食べたい料理のために冷蔵庫の食材を脳内でくみあわせたり、あるいはおもむろに布団をはねのけ入眠用のストレッチを始めたり。

書き出すほどでもない、どうでもいいようなことばかりだ。

ささいなことをああでもないこうでもないと考えて、よしこうしようと小さな答えを出した頃眠くなる。

この、脳を柔らかく揉むような、なんでもない考え事の時間が好きだ。

ひっきりなしに情報の洪水を浴びていると、日常に一ミリも隙間ができない。仮に空き時間ができても、スマホで検索しながらストレッチをしたりなんかしてしまう。考える余地、自分と向き合う隙間がないまま二四時間が過ぎてゆく。

本を読む気になれず、かといって電子の光も浴びたくない、そんな夜の床は「ぼーっ」があるから心地いいんだな。旅は、そんな「ぼーっ」にあふれているからいいんだなあとわかった。

よしよし。今夜もスマホを階下に置いて、もうちょい長い旅の予定でも考えてみよう。すでに行った誰かのブログや、食べた気になれる親切な写真がひとつもない脳内黒板に、ありったけの想像力を動員して計画表を書き込みながら。

ほのかとたっぷり

旧居のリビングでは、ダウンライトのほかに大きな照明をふたつ使っていた。今の住まいにもダウンライトがある。そのうえ和紙の大きな照明（六六頁）も持ち込んだ。

この家を内見した時、案内してくれた前住人が「夜の雰囲気が、なかないかいいんですよ」と語っておられた。

天井は五つのエリアに区切られていて、用途に合わせてスイッチでオフができる。大きなレコードプレイヤーとスピーカーが置かれていて、くつろぐときはそのソファの前だけ灯すなどして、気分に合わせ陰影を楽しんでいるらしい。

ほかには豆球のようなペンダントライトがふたつ下がっているだけだった。

私は何の迷いもなく、前述のように和紙の照明をとりつけた。これは淡いが、傘がひとと抱えもある。

それで充分なはずなのに、家族はみな、いつも必ずダウンライトのスイッチをすべてバチバチと全部押す。旧居のそれは、エリアに分けてスイッチオフをできなかったので、〝全部点け〟の習慣が根付いてしまったのだ。試しにひとつふたつ消すと「なんか暗いね」と、娘や家人が言い出す。和紙の点灯も忘れない。

もし、旧居時代から控えめな光を楽しむ習慣があったら、家族も住まいの灯りとはそういうものだと思っただろう。最初から〝たっぷり〟だと、それがスタンダードになってしまい引き算が難しい。

ひょっとしたら、こんなふうに私の周りには、じつは必要以上に〝最初からたっぷり〟が多すぎるのかもしれない――。

二〇数年前、初めてデジタルカメラを買い、初めて家族で海外旅行をした。カオハガン島という半自給自足の小さな島に、二週間。

コンパクトなデジカメが出始めた頃で、買ったときに付属していた一番容量の小さいメモリーカードしか持っていなかった。さらにそれを、わけもわからず最高画質で撮っていたものだから、データは初日でいっぱい。それも一二、三枚しか撮れない。

島には、駄菓子から日用品まで生活に最低限必要なものを売っている、小屋のような小さな露店が一軒のみ。当然メモリーカードも使い捨てカメラも売っていない。

それから毎晩、撮ったものからベストワンを選び、あとは消すという作業を繰り返し、二週間を過ごした。

だから、家族四人初めての海外旅行の思い出は、全部で二〇枚ほどしかない。それを写真店でプリントアウトして、大事にアルバムにしまった。以来、幾度も旅をしてきたが、家族で一番アルバムを開いたのはカオハガンで、おそらく全員、二〇枚をどこでどんなふうに撮ったか鮮明に覚えているはずだ。

「トーコがこのあと鼻に飴玉つめて大騒ぎになったんだよね」

「ここでろうそくの灯りでごはん食べて星がきれいだったよね」

一枚の前後のできごとを、子どもたちも本当によく記憶している。少ないから、思い出が輝くこともあるんだなと思う。記録にない部分を、記憶で補う。大きくて白い野犬、足裏を刺すような硬いサンゴ、暑いなか飲むのに妙においしい熱くて甘いミロ、宿まで付いてきて一緒に遊んだ現地の子どもたち。

え、そこ？　というような奇妙な断片を、子どもだけが覚えていて驚かされることも。思い出の答え合わせもまた楽しい。

家族の旅行記を書くと、ときどき編集部から写真データを求められる。ほかの地の旅の写真もたくさんあるのに、なぜか編集者の採用率はカオハガンがいちばん高い。小冊子の取材を受け、アルバムから剝《は》がして渡した何気ないカットが、表紙になっていたときは、本当に驚いたものだ。下手な写真で申し訳なく思いつつも、毎日消しては上書きして選んだあの時間が、十数年後にこんなに素敵な表紙となり、ギフトをもらった気分で嬉しかった。

最初からたくさんないからこそ、得られるハッピーもある。ほのかな灯りで陰影を楽しむという遊びを逃していたのはもったいないなあと、ちょっと悔いている。

大きい旅小さい旅

四年ぶりに海外を旅した。股関節の手術で二週間入院予定だったのが、病院の都合により土壇場で延期になったためだ。

ずいぶん前から、仕事を前倒しで調整していた。ぽっかり空いた二週間。さてどう使おう。

編集プロダクションから独立して二八年。空白の時間がそれほどできるのは初めてだ。かねがね書きたいと思っていた長いものにとりくみたい。でも、せっかくのオフに、パソコンとにらめっこだけというのもな……。

で、決めた。――旅先で書こう。

渡航の制限が緩和されたベトナム・ハノイのアパートメントホテルに住む血縁から「部屋も風呂もふたつあるから、うちを宿にして書いたら?」と連絡が来た。

入院延期の三日後、ハノイにいた。

チケットを恐ろしいスピードで手配する自分の行動力に驚いた。今思えば、どこでもいいから旅をしたかったのだと思う。コロナ禍のたくさんの我慢が私の中で弾《はじ》けた。

ハノイでは毎朝、ソイというバナナの皮で包んだ、地元民が愛する朝食をテイクアウトした。早朝、散歩で見つけた自転車の母子が道端で売る、もち米と緑豆を蒸したごはんである。かりかりのドライオニオン、粗みじんの豚の角煮、甘い緑豆が絶妙に調和していて五五円。こぶし大ほどある。

それを買った帰りに近所のコーヒーショップで、ラテか黒糖入リミルクかチャイを。道端でゲットしてきた朝ごはんを、部屋でピクニックのように広げて食べる。

ベトナムはコロナになる前からテイクアウト文化が根づいている。フォーなどの汁物も、器用にビニール袋と輪ゴムで密閉する。それから自転車のソイ屋さんを見つけるのが私の朝の楽しみに加わった。

一〇時から一七時まではホテルラウンジで執筆して、近所のスーパーや食品店で食材を買い、夕食作り。はりきって一家の台所を預かる。

スウェーデン、セブ、タイ、ベトナムのファンティエット。その日暮らしのフリーランス夫婦の我々がこれだけは、と子どもが幼い頃から続けてきた家族旅は、小さな台所がついた宿で地元のスーパーに通い、できるだけ暮らすようなスタイルにしていた。安上がりだし、子連れには自由がきくからだ。

期せずして今回の旅もそうなった。

九日間、何ひとつ観光スポットに行っていないが、名もない路地や、汁麺の屋台や、ゴム草履でもなんでも売っている駄菓子屋をのぞくだけで、旅人ごころは十分に満たされた。凝り固まっていた何かが自分の中でゆっくりと流れ、動き出すような。

いきなり有名な寺や繁華街に行くより、なんでもないスーパーマーケットを日々のぞくくらいの毎日が、しばらく旅から離れていた自分には、ちょうどいい。

九〇円のビールや不思議なキャラクターのチップス、口の中でホロホロ溶ける豆菓子、ソイにトッピングされる干し豚の繊維を、さも長年住んでいるかのような顔で買う。ああ、私の旅ってこんなだったよな、と思い出す。

スーパーを見ると、暮らしが見える。並べ方、店のイチ推し、お客さんのかごの中。地元っ子が大好きな謎の駄菓子を食べるほうがずっと、ハノイという街が身近に感じられる。

六時間半かけて飛行機で別の国に行って、なんでもない地元の食材を買って料理をし、原稿を書いてきただけの旅。しかし、スーパーで見知らぬスパイスひとつ買うその瞬間が、私の中に新しい風を吹かせる。それこそが旅なのだと思う。

この話をしたら、「日常で、旅っぽいことってできないものですかね」と聞かれた。ぽっかり予定が空くと、ついなにかせねばと思ってしまう私は、もともとひどく休みベタだ。それでも最近、いくらか自分をゆるめるのがうまくなったなと思うようになったのは、近所のジャズバーがきっかけだ。シングルモルトウイスキーが好きで、ときおり訪れる。そうだ。あれはたしかに、私にとって小さな旅かもしれぬ。

バーの魅力は、ゆるやかな人の繋がりにある。

初めての客も常連も、カウンターに横並びで上下がない。肩書や名前、年齢も知らない人と、酒や音楽やおいしい店など他愛もない話をする。共通の知り合いがいないから悪口も噂話もない。自分を大きく見せる必要もない。そして、知らないからこそ「今日いっぱい駄目だしされちゃって」なんて本音や弱音が出ることも。

一日の終りにグラス一、二杯分の励ましやねぎらいが心を溶かす。みなそうやって優しいお酒で心を洗って、穏やかな表情で帰ってゆく。

バーでなくてもいい。習い事、推し、ひとり店主のごはん屋さん。名乗らなくてもいい場所が、日々のかたすみにひとつあると、心の緩衝材になるんじゃないかな。それを旅と言ってもいいかもよと、勧めてみた。

年賀状とハノイの旅とフリーペーパー

年賀状じまいの話をしたい。

私は家族の近況を綴った定形のオリジナル年賀状を毎年印刷しているが、「今回はもうやめようかな」といつも制作の一二月頃、一度悶々とする。もはや通過儀礼で、「でもまあ、会っていない友人や親戚に近況を伝える唯一の機会だから、とりあえず来年の分は刷ってその次に考えよう」と先送りにする。

踏ん切りがつかないので、宿題を延ばしているようなものだ。

先日、突然病気でお母様を亡くされた編集者の話を聞いた。

「あまりにも突然すぎるのと、父も私も母の交友関係をほとんど把握していなかったので、通夜や葬儀をどなたに伝えればいいのかわからず困りました」

「それで、どうしたんですか？」

「あ、年賀状だ、と。だれもが年賀状じまいをしがちなこういう時代でも年賀状を出しあう人こそ、大事な間柄なんじゃないかなって思ったんです。さっそく母宛ての年賀状を探して連絡、その方たちにどなたに伝えればいいかもお聞きできて、最後、本当に助けられました」

他人事ではない。だれにも響く話だと思った。

我が家は夫婦ともにフリーランスなので仕事相手も含め、印刷数は多い。年々、目に見えて届くそれが減っている。はがき代もばかにならないし、何かと忙しい師走に手をとられる。こんなアナログな習いは手放してもいいのではと本気で考えていた。でも、そうなんだよなあ。会えなくてもかつてとても世話になった大切な旧友、恩師、駆け出しの頃仕事をくれた編集者、苦しい仕事をともに乗り越えた仕事仲間、いっとき子どもの預かり合いをして助けられた元ご近所さん。〝あのときはありがとうございました、今も元気にこうして暮らしています〟という報告をしたい相手はいる。

面倒なのでと一年に一度の文字の交流を断ってしまう気持ちになれずにここまできたが、彼女の話を聞いてちょっと背中を押された。できるところまで続けてみようじゃないか。

目先の利便や効率だけをものさしにしていると見えなくなることがある。損得で計れない、理屈ですっぱり分けられないなにか。

彼女のお母様とは面識がないけれど、こんな娘さんの交友関係の端っこの私にまで大切なことを教え遺してくれ、ありがたく思う。あなたがなにげなく書いていたであろう年賀状は、世を去った今も、こんなふうにいろんな学びを私達に与えています。

八月にベトナム・ハノイに滞在した。宿泊したサービスアパートメントの踊り場に在越日本人向けのフリーペーパーがあった。これが意外におもしろく、「掲示板」「仲間募集」のコーナーを用もないのに端から読みこんでしまった。『〇年生まれの会メンバー募集』『フットサルやりませんか』『〇歳児を持つママの会』……etc. ゴシックの小さな文字がぎっしり並んでいるだけでもなんだか楽しげで、つい目で追ってしまう。ホームページにはない懐かしい安らぎがあり、文字だけなのににぎやかだ。

ハノイに来て間もない人はきっと、この日本語の羅列を眺めるだけでほっとするだろうし、ひとりじゃないんだなと心強く思うことだろう。たった一行の情報を頼りに訪ねる人と、こんなアナログな方法で声をかける人は気も合いそうだ。きょうび、こんな手間のかかる方法でなくてもネットでいくらでも繋がれるからこそ。

そうだ、来年の年賀状はハノイのカットを使おう。たいして楽しみにもされていないと思うが私は出します。

三章

じりじり、おたおた育児

玄関の涙

彼女は娘の担任で、海外の日本語学校教員を経て、念願の日本の小学校教員になったという変わり種だった。見るからに情熱に燃えた、若いガッツのある女性である。子どものいいところを見つけるのが得意で、一年生のクラスみんなから慕われていた。

ところで、どの小学校もクラス替えと担任の発表は、四月の始業式に行われる。つまり、担任が外れたり、転任したりしても、三月の年度末には発表されないので、お別れが言えない。このしくみだけはなんとかならないものかと思うが、いたしかたない。

一二月。

娘はたどたどしい字で、その先生に年賀状を書いていた。ふと私も思いたち、娘とは別に彼女に年賀状をしたためた。

なぜかというと、二学期後半は夜九時や一〇時に学校の近くで彼女とすれ違うことが多く、少々心配だったからだ。わずかに、目の輝きがくもりつつあるような気がして、はらはらもしていた。故郷から離れてひとり暮らしをしながら、夜遅くまで子どもたちのためにがんばっている新任教師を、おこがましいが、半ば親のような気持ちで見守っていたのだ。

おりしも、テレビニュースでは、教員の心の病が増えていると繰り返し報道されていた。考えてみると、教員は苦情を言われることはあっても、「ありがとう」と保護者から直接言われる機会はなかなかない。

私は何事も一生懸命な彼女に、どうしてもその一言を伝えたかった。とはいえ、参観日や面談のときにいきなり「いつもありがとうございます。がんばってください」と言うのも変だ。年賀状なら、さりげなく、励ましや御礼や気持ちを伝えられる。短い言葉でも、文字に載せた思いはきっと心に届く。そう信じて投函した。

偶然翌年度も娘の担任となった二～三カ月後のこと。懇親会か何かの折に、彼女は声をかけてきた。

「おかあさん、あのときはありがとうございました。子どもたちからはもらうけれど、保護者の方から年賀状をもらうなんて思ってもいなくて、本当に嬉しかったです。私、ちょっと疲れていたときで……。玄関であれ読んで、泣いちゃいました」

そこには一年前の四月に見たままの、元気な先生のきらきらした瞳があった。いや、さらに自信と経験に裏打ちされた誇りさえ感じられる、はつらつとした笑顔だった。たった一枚の年賀状でそうなったはずはないが、一瞬でも彼女の元気のかけらになっていたらいいなと思った。

あれから幾歳月。

彼女はいくつかの学校に赴任し、いまや立派なベテラン教師だ。娘の卒業後は食事をしたり、中学受験の相談をしたり、逆に彼女の恋愛相談にまで乗ったりと、おつきあいも年賀状も続いている。

手紙ほど肩肘張らず、メールほど浅くない年賀状は、一年の言いそびれた「ありがとう」や「ごめんなさい」や「がんばって」を伝えるのにちょうどいい距離感の伝達ツールだ。ビュンビュンと忙しく過ぎゆく日々のなかで、心の奥にしまい込んだまま忘れそうな出来事を一年の最後にとりだして、みつめなおす。言えなかったありがとうがあれば、そっとはがきに託す。私は一〇〇枚ほど出すが、毎年そのうちの何枚かには、そんなちょうどいい塩梅の御礼やお詫びを、託している。

がんばりを引退

「無理しないで」、「身体を大切に」、「マイペースでね」。何度、人に言い、また言われてきたことだろう。じつはそれがいちばん難しいのに。

がんばることがいいという価値観の中で育ってきた。たゆまぬ努力、こつこつ地道に取り組めば必ず花開くと信じて。

しかし、育児は親ががんばれば、花開くのだろうか。すべてが解決し、すくすく育つのか。そもそも花ってなんだ？

人の成長は、そうかんたんではない、というのが子育てを終えた私の率直な実感である。

子どもが小さな頃、私も必死でやっていた。でも、子どもが相手だと、どんなにがんばってもうまくいかないことはあるし、自分もイライラ、家族もイライラ、誰も幸せにはならないと気づき、がんばることから早々に引退した。

子どもが保育園の頃、大きな影響を受けたママ友がいた。

美容師の彼女は、コスメを大量に持っていて、家中モノだらけ。わりに散らかり気味で、外食や市販の惣菜をよく利用するシングルマザーだった。でも、いつも朗らかで笑顔が美しい。一緒にいるだけで、こちらにまで明るさが伝染するよう。

ワンオペで忙しいはずだが、あくせくしたところがなく、とても自由にのびのびと子育てをしていた。叱りつけたり、ネチネチ小言も言わない。間違ったことをしたときは、短くビシッと。

「細かいこと気にしてもしょうがないしねー。子どもが元気ならそれでいいじゃん」が口癖だ。いつか店を持ちたいが今は無理、ほどほどにがんばるよとよく語っていた。今日はごはんを作る気がしないよねーというときは、取り寄せの豚骨スープでべらぼうにうまい鍋を作ってくれた。野菜とお肉をたくさん。副菜はなし。大ごちそうを作られたら、誘われてもたびたびは行きづらいが、「スープが届いたからおいでよー」と言われると、気楽にホイホイ駆けつけた。肩に力をいれない人付き合いと、暮らしの力の抜き方が上手い人だなと思った。

三、四年後、子どもの小学校入学を機に帰郷し、本当に自力で店を開いた。

人生のがんばりどきは、それぞれ違う。ずっとフル回転でなくていいこと、たいていのことを笑い飛ばせる明るさの効用を、私は彼女から学んだ。忘れえぬ人だ。

その頃の話をもうひとつ。

私は出産とライター独立が重なり、つねに時間がなくて焦っていた。第二子が生まれ、不規則なフリーランス夫婦だけでは限界があり、採算度外視で近所のスーパーに『シッター募集』の張り紙をした。ときに原稿料より高くなることもある。

金で解決することにもためらいがあったが、あの選択は正解だったと思っている。子どもに対して、余裕を持てたからだ。

自分だけで抱えていたら、きっといつか疲れてギスギス、ほころびも出ただろう。子どものささやかな変化やつぶやきにも、気づけなかったに違いない。

当時のブログを読み返すと、無邪気な子どもたちの語録が綴られている。気付ける心の隙間を、シッターさんらからもらえたおかげだ。やがて、働く母同士の預け合いが始まり、さらに楽になった。

だから駆け出しのママたちには、頼ること、甘えることに罪悪感を持たないでと伝えたいのである。がんばって自分を追い込まないで、と。

自分へのじりじり、アゲイン

育児は、通り過ぎると冷静に振り返ることができるが、まっただなかにいると、とても客観的にはなれない。大きくなるのは気が遠くなるような先で、親として成長のない自分に対し、じりじりすることの連続だ。

子どもがふたりとも社会人になった今でさえ、私はそうである。ちゃんとやれたと、胸を張って思えることなど一度もない。だめな親だなあと、いまだにしょっちゅうため息が出る。それでもなんとか平気でいられるのは、親を長くやるほど「抗《あらが》ってもしょうがない。だって私は変われないんだもの」と諦めが強まるからだ。

私は短気で、早口で声が大きい。憧れる母親は、だいたいおっとりした口調で声が小さい。習慣や叱り方は多少の努力で変えられたとしても、話し方や声のトーンまでは変えられない。また〝気質〟も、真似はできない。どうがんばっても、よその穏やかで素敵なお母さんのようにはなれないとふんぎりがつくようになったのは、だいぶあとのことである。

だから、わーっと大きな声で叱りつけてしまったあとは、自己嫌悪の波が押し寄せる。もう少し短く切り上げても良かったのでは。そもそもあんなに叱るようなことだったか。いつまでもくよくよすることが続いた。

子どもは庇護が必要だが、上から教え込むものではなく、上下の関係ではないと気づいたのは、思春期の娘と、韓国ふたり旅をしてからだ。

中二の黄金週。安い弾丸ツアーがあったので誘った。

長男は「なんで海外に妹だけ？」とふてくされていた。四人家族でふたり旅は不公平だよと。

しかし、ここでじっくり娘との時間を持っておきたい、逃すと、もうゆっくり話すときはこない気がした。

旅先では、子どもではなくひとりの旅仲間として接しようと決めた。互いに行きたい場所、食べたいものを尊重し合う。親だからと押し付けないし、子どもだからと甘えない。決めた予算内でやりくりする。行きたい場所は、自分で調べて相手にプレゼンし、現地ではリーダーになる。

結果、喧嘩もしたが、譲り合いも多く、発見がたくさんあった。絶対たどり着けないだろうとふんでいた路地裏の古着屋——雑誌の小さな記事を見て、どうしても行きたいと言っていた店だ——を、娘が自力で探しあてたときは驚いた。娘は通行人やガソリンスタンドにとびこんでは尋ね歩き、ようやく探し当てた。すごいね私なら諦めていたよ、と声が出た。彼女の額の汗を見ながら素直に思った。親が上でも、子どもが下でもない。ひとりの人間として尊重せねば。コントロールは間違っている。

あれは楽しかったよねと今もよく話す。思えばこの頃から小言が減った。

傷だらけの曲げわっぱと青春

息子が中学に上がる年、満を持して、長野県の木曽で曲げわっぱの弁当箱を買った。以前から欲しかったが、手作りの工芸品でもあるため値が張る。散々悩んだ末にやっと買い求めた。

漆塗りの二段で、側面は抗菌作用の優れたヒノキ、蓋板と底板には吸水・保湿に優れたサワラが使われている。職人の技術の結晶は本当に使い勝手が良かった。軽量で、木の調湿機能は食品の腐敗を妨いでくれる。香りもよく、なにより見た目に美しい。息子に、「傷つけないように大事に使ってね」としつこく言うたびに「そんなに弁当箱に気を使ってられない」と返された。

しかし、中二の終わり頃には、すっかり出番がなくなった。

サッカー部の彼には容量が足りないのだ。少年ジャンプのような大きさのプラスチックの大弁当箱に切り替え、曲げわっぱは戸棚の奥へ。

六年間サッカーを続け、曲げわっぱに戻ったのは引退後の高三秋だ。ダイエットが気になる年頃で「あれにして」と言い出した。その日から登校の最終日まで活躍した。最後の日、「ありがとう。大学でもサッカー続けるつもりだからまたよろしく」と手紙をもらった。あら終わりじゃないのねと驚きながら、しげしげと曲げわっぱを見ると、たくさんの傷がある。ガールフレンドの部屋で、匂いを嗅ぎつけた飼い犬に噛まれてしまったという傷、私がコンロのそばに置いて危うく焦がしかけた跡。いつもあわただしく詰めては夜洗う生活で、あらためて眺めたことがなかったが、どの傷も愛おしく、撫でたいくらいだった。途中降板はあったけれど、最初と最後を見届けてくれた。息子の六年間に寄り添ってくれてありがとね。

手で作った生活道具は、工業製品と違って汚れたり傷ついたり、使い込んだ痕跡が表れやすい。しかしそれは悪いことではない。丈夫でいつまでもきれいなプラスチックより、私はあの曲げわっぱの方がずっと好きだ。たくさんの痕跡から、息子の青春の日々がにじむ。

今は結婚した息子宅にある。仕事場に持参しているそうで、第二の人生を歩んでいる。

自分のきげんのとりかた

詩人、茨木のり子の作品に、最も有名で強烈な一節がある。

　自分の感受性くらい
　自分で守れ　ばかものよ

（『自分の感受性くらい』ちくま文庫）

イライラや、できない自分を誰かのせいにしがちな私は、初めて読んだとき、パンチをくらった気分になった。

しかし、子育ての場面では、なかなかそうできない。子どもが幼い頃はとくに、保育園から一緒に帰ると、夕飯の支度と仕事の留守電（当時は携帯電話がない）の処理が待っていた。てんてこ舞いなのに、一日離れていたために甘えたい子どもは、まとわりついて離れない。叱るとひどくぐずって手に負えない。だから帰宅後はいつも怒りっぽく、イライラする自分にも辟易していた。

あるとき、同業先輩ママが言った。

「料理も放っておいて、まずは帰宅後すぐ、子どもとお風呂に入るといいよ。裸のままぎゅっとハグしたらそれだけで子どもは満たされて、入浴後は気持ちが安定するから。料理も仕事もスムーズにさばけるよ」

やってみたらそのとおりだった。帰宅後、沸かす時間も待ちきれず、熱湯を溜めながら、息子とお風呂に入ってしまう。密室で、じっくり付き合うと、びっくりするくらい彼の情緒が安定し、寝るまで穏やかで、きげんがいい。

私は今でもあの詩のようにはなれない。でも、子どものきげんがいいと、自分のきげんもよくなるということだけは知っている。

そして人生のある時期、自分のきげんを上手にとれなくてもいいのだとも思っている。

市井の人の台所を取材する『東京の台所』というライフワークが長い。そのなかで、「ある時から手抜き料理になった」と率直に語った女性の話をとりわけ印象深く覚えている。

育休明けからフルタイムで働く。子どもには、丁寧に作った身体にいいものを食べさせようと最初は料理をがんばったらしい。ところが、あまり野菜を食べない子で、せっかく煮物やサラダを工夫して作っても毎日余る。彼女はイライラしながら、ひとりで残り物を平らげる日が続いた。残業の夫が帰ってくるなり愚痴を連発し、夫婦仲もぎくしゃく。理想の育児と仕事の両立に疲れ果て、ある日「今日はファミレスに寄ろう！」と保育園の帰りに子どもと立ち寄った。

「すっごい楽しかったんです。私以上に息子がずっと笑顔で、いつまでもおしゃべりして。家で作るとき、私はなんで食べないのと怒ってばかりでした。外食や冷凍食品や市販の惣菜を敵視してきたけれど、栄養やうんちくより、こんな笑顔の時間こそ大事なんだとわかりました」

以来、疲れたときは外食や、米だけ炊いておいしい惣菜を買うことが増えた。夫は帰宅後、妻が楽しそうなのできげんがいい。

これは極端な例だが、子どもはたとえインスタントラーメンでも、笑っている親と囲める食卓が好きだ。

モノではない。流れる時間の質で日々の充実度は変わる。

健康やルールを気にしすぎると、見えなくなることは少なくない。

焼き肉とビデオテープ

我が家は四歳違いの兄妹がいる。娘が社会人になった今でも、「私はこの子たちを平等に見てきたろうか」「どちらかを傷つけたりしていなかっただろうか」と、不意に不安に襲われる。もうあとの祭りなのだけれど。成人する頃には、こんな心配があるはずもないと思っていた。

息子は大学の同級生と、卒業後まもなく結婚。現在は海外勤務だが、以前は隣の区に住んでいた。あるとき、若夫婦が好きな自家製梅ジュースができあがったので、届けるよと連絡をした。「じゃあ、うちで焼き肉をしよう」と息子が提案。

ここで私は、わずかにとまどうのである。バイトに忙しい娘の予定を合わせるのは至難だ。彼女抜きで、私と夫と息子夫婦四人で集まると、娘が傷つくのではないか。

自分探しが長かった娘に対して、子育ての過程で、息子と違う叱り方をしてきたところがある。彼女は節々で、それを感じていたと思う。

根拠のない負い目や心配が、頭をもたげる。はたから見たらばかばかしいようだが、焼き肉ごときで、子どもたちが成人してもなお、このありさまなのである。ああ、子育ては難しい。

結論から言うと、この日兄は直接妹を誘い、彼女のバイトに合わせて食事の開始時刻をぐっと遅らせた。私が妙な忖度をしながら、それぞれの予定をすり合わせる必要などなかったのである。

私より息子のほうが妹を尊重していた。だからいったんこれでよし。足りないところを補いあいながら、家族の歴史は刻まれてゆく。

また、息子を出産した頃はまだスマホがなく、大きなビデオカメラで撮影していた。ズボラな我が家はテープを一度も再生しないまま、デジタル時代になり、とうとう子どもが巣立ってしまった。

先日、夫がレトロなビデオデッキを人からもらったので、ふたりでビデオテープを見始めた。どの映像も、四年後に娘が生まれたとたん、主役が彼女になっていた。記録係の夫はつねに娘の姿を追い、息子は声しか聞こえない。私と夫は見ているうちに、だんだん切なくなってきた。

「ねえ、これひどくない？」

「あいつが入ってくると〝今、赤ちゃん撮ってるから〟って追いやってるもんな」

兄五歳、妹一歳の頃。息子は映っていないが、小さなつぶやきが録音されていた。「あっくんも撮ってほしいな」。

心臓がぎゅううと締め付けられた。ああ、やっぱり映りたかったんだ。父も母も、妹ばかりを撮っていることに気づいていたんだ。

ビデオの中の私は「もちろんだよ」と言いながら、レンズは娘に向いたままである。今すぐ謝りたい。あのときに戻って、たくさんたくさん嫌がられるほど彼を映してあげたいと思った。なのにもう彼はこの家にいない。

ビデオテープは、自分の子育ての足りないところを如実に映し出す反省装置だった。もっと早くこれを見ていたら、失敗を翌日から活かせたのに。もっと良い親になれたのに。

LINEで、〈あのときはごめん〉と謝ったら、〈なんのこと？　覚えてないよ〉と返ってきた。本当だろうか。

期間限定の友情

歳を重ねるごとに、友情は「限られた人と、深く」が快適だという実感が増している。友達の多さに安心するのは、三〇代半ばまでだった。

しかし、気質の傾向に関係なく、子育てをしていればある時期、自動的に知り合いが増える。私の場合なら保育園、習い事、小学校、学童クラブ、受験塾。それらが子どもふたり分。私立の中高一貫だったので、部活のママ友とも長い付き合いが生まれた。

今振り返ると、どれもいい意味で一過性だった。同じサッカークラブに通っているときだけ毎週顔を合わせ親密になる。卒団すれば自然に疎遠に。みな〝それぞれの今〟に忙しい。それでいいのだと思う。

人付き合いが苦手な人はどれも「期間限定」と思えば、小さな煩わしさも割り切れるのではないか。テーマは、「育児」限定。相手の家庭や人生にまで踏み込む必要はない。期間限定はけして悪いことではなく、誰もが子育てに不安なときに、同じ立場同士、情報や哀楽を共有するのは、あたたかな支えになる。

逆に、一過性でないのがご近所の友だ。おもしろいもので、私はご近所友とは子育てが一段落した頃から、じっくり付き合いを楽しむようになった。以前は余裕がなかったのだろう。つまり、人生のステージごとに、付き合いの変化や加減がある。それもまたよし。

いまや、人付き合いにＬＩＮＥは欠かせない。この便利なツールの存在意義を考えるとき、思い出す女性がひとりいる。ママ友のＡさんとする。

彼女は長い間、子育てに悩むＢさんに、自然体で寄り添っていた。けして口外はしない。人知れず根気よく、聞き続けた。適当に濁さない。耳あたりの良い助言もしない。じっと傾聴する。私はＢさんから、初めてそのことを聞いた。もう一年以上、Ａさんに話を聞いてもらっているのだと。一度や二度なら誰でもできるが、年単位はできるものではない。

ＩＤ交換という行為は、そういう責任を伴うものだと、私は知ったのである。もしも相手からＳＯＳがきたとき、寄り添えるか。相手のために心を砕けるか。交換は仲良しの儀式だけではない。相手が困っているとき、駆けつけられそうにないなら安易に交換すべきでない。ときに、緊急を要する命綱のような存在にもなりうる。大げさかもしれないが、大人同士のＩＤ交換には、そこまでの覚悟が必要だと思っている。

写真のおしゃべり

くどいようだが、デジタルカメラからスマホに移行する時代に育った息子は、見事に中学以降のアルバムが一冊もない。

スマホの写真データが満杯になると、パソコンのハードディスクに落とし、気づいたらプリントアウトせぬまま、ときが過ぎた。そのうちやろう、プリントアウトしようと思っているうちに、結婚してしまった。

あまりに早い巣立ちで、それからしばらく、私はおろおろしていた。

ひとり欠けた食卓に慣れず、肉をたくさん解凍しかけて、ああもうよく食べる人はいないのだったと半分冷凍庫に戻したり、クリスマスや誕生日に食べたいもののリクエストを聞けない寂しさを噛み締めたり。

コロナ禍で挙式が延びたのをいいことに、よし、中学から今日までのデータをアルバムにして贈ろうと思いついた。ついでに、遠くない先に巣立つであろう娘にも。母親卒業の儀式になったら、一石二鳥である。

ふたりのために写真を選んでいたら、傍らに写る私の両親の無防備な表情がいくつも目に留まった。

実家で、膝に息子を乗せて本を読んでいる父。頭にカーラーを巻いたパジャマ姿の母。笑顔の集合写真や記念写真と違い、スマホは日常の他愛もない、けれど私が子どもの頃からいちばん良く知っている素のままの両親の姿をとらえていた。

デジタルの箱の奥に眠っていた、取り繕っていない思い出の数々に、胸がいっぱいになった。どんなときも、あの愛情が、あたたかく私や孫たちに降り注いでいたのだなあ。

子どものアルバム作りが、自分の親に感謝する時間になろうとは、思いがけないことであった。


ところで、最初にプリントアウトしたのは、笑顔のない息子と娘の二ショットだった。リビングで暗い表情の娘と、真剣な目の息子がなにやらパソコンをのぞいている。少しピンぼけしているこの写真が、たまたまデータの最上部にあった。

なんの記念日でもないが、忘れていた記憶がありありと蘇り、苦しくなった。私立中に進んだ娘が、高校は公立に行きたいと言いだし、進路に悩んでいる真っ最中の頃だ。

当時、私達夫婦にとっても一大事で、しかしどんな言葉をかければいいのかわからず、毎日食卓がどんよりしていた。ある日、サークルやバイトに忙しかった息子が見かねて、妹の相談相手になったのだった。

記憶の彼方に消えかけていた、あの重苦しい夜。大人には心を開ききらない娘も、兄の言葉には耳を傾ける。

どんなきっかけだったか、それさえ忘れるほど、娘の中の小さな嵐はすぐに通り過ぎ、そのまま上の高校に進み、いつもの我が家に戻った。だから、この写真を見るまですっかり忘れていたのである。

家族の毎日とは、こんなとるにたらない、小さな喜びや悲しみや不安やとまどいでできている。みなでささやかな喜怒哀楽を一緒に共有しながら、日々はさらさらと流れてゆく。楽しそうに登校する娘を見て、夫や息子と顔を見合わせほほえみあった朝も。おかんは妹の気持ちがちゃんとわかっていないと息子に諌《いさ》められた夜も。

私の子ども時代のアルバムを開くと、入学式や誕生日やピアノの発表会、修学旅行など、ハレの日が句読点となり、それらの点をつなぐと、自分の成長が可視化できる。

だが、今私が作ったアルバムは、特別の日からこぼれ落ちたふつうの日々が、句読点よりもっとこまかな点となり、時間という一本の線になる。

写真を印刷して並べるという作業は、かぼそいけれど、たしかにつながってきた線のぬくもりを、確かめる行為のように思える。

息子用のアルバムのポケットファイルは、はかったかのように、婚約を両家でお祝いした日で一冊終わった。

これからは、彼女とふたりで新しいアルバムを作っていくのだろう。私や夫はもう写っていないんだよなと思いかけたが、いやそうでもないぞと考え直す。だって、息子のアルバム作りで、私は両親とたくさん再会できたのだもの。

家族はめぐる。

写真は想像以上におしゃべりだった。

私のために歩いていない道

日曜日に編集者と、知り合いの料理家のイベントに行った。せっかくだからとその前に映画を観ることになった。午前一一時に渋谷のミニシアターで待ち合わせ。今ほど暑くなく、よく晴れた空とからっとした空気がラムネみたいに気持ちのいい日だった。

小学二年の子がいる彼女と、子育てが一段落している私。ならば、ふだん子連れでは観られない作品をと、前述の鍼灸師が教えてくれたカンヌグランプリのイラン映画を。

いたく感動し、感想を喋り続けながら渋谷駅に向かう。イベント会場は青山だ。

「誰かと映画を観て、感想を話しながら歩くのって久しぶりですよね」

「ああたしかに。コロナ禍は映画館すら行けなかったし、行ってもひとりでしたもんね」

表参道の地下鉄から地上に上がり、スマホの地図を頼りに歩く。

洗練されたハイブランドのビルが点在する南青山の静かな通りを進む。大昔、打ち上げで訪れたバーや見慣れぬ洒落たカフェの横を通る。一軒家の花屋、焼き菓子店。懐かしさと新鮮さが混じり、互いに「あー」とも「おー」ともつかない感嘆の声が漏れる。

と、彼女がつぶやいた。

「もうずいぶん、青山をこんなにゆっくり歩いてないな……。お母さんになると、自分のために歩いていない道がたくさんできます」

そう、ここは〝自分のために歩く道〟。洋服や靴やコスメの買い物、仕事のロケハンを兼ねて歩きながら店名をメモしたり、試しに入ってお茶してみたり。デザイナーの事務所が多いエリアなので、打ち合わせで小走りに通り抜けることも。それらは全部、自分の用事のためだったが、幼い人とは歩かない。

公園やスーパーや、幼い人が喜ぶ本やおもちゃを買いに行くための別の道が毎日の活動エリアになる。独身時代、あんなにあたりまえのように歩いた道と、突然疎遠になる。

どちらがいい悪いではない。どちらも自分のかけがえのない道だ。彼女は今、子育てに仕事に綱渡りのような日々を送っているのであろうと痛いほど伝わってきた。私も通ってきた道だった。

イベントも天気もあまりに楽しく爽快だったので、イベント後はまた青山を歩きまわって、テラス席のあるカフェで「ちょっとビールを一杯」となった。

私は彼女に言った。

「子どもはいつか出ていっちゃうから。また自分の歩きたい道を自由に闊歩できる日が必ず来るよ。そしてそれは案外すぐだよ。私がそうだったから」

そうでしょうかねえ。彼女はとても想像がつかないという顔でビールを飲み干し、ワインを注文した。一杯のはずが案の定二杯三杯となり、おしゃべりは夕方まで尽きなかった。

その後は酔いがまわり、すぐ地下鉄に乗ったのか渋谷まで徒歩だったのか、記憶が曖昧だが、もっと歩きたくなったことだけを覚えている。

答えは自分のなかにある

最近、息子夫婦に子どもが誕生し、〝祖母〟になってしまった。ほんの一〇年前は、毎日米を炊いても炊いてもすぐなくなり、部活だ塾だとバラバラに帰ってくる子どもたちのため、仕事部屋と台所を一日に何度も往復していた。孫などずーっと先のそのまた先で、早く娘が大学を卒業しないかなあと思っていたのに。

働く母として迷ったり自信をなくしたりしながらも、寝顔に励まされ「なんとか明日もがんばろう」とどうにか力をふりしぼる日々なんぞ、本当に文字どおり「あっというま」に過ぎてしまう。

子育てには終わりがある。そして、そのあとも自分の人生は何十年か続く。

雑誌で子育ての悩み相談を受けていたとき、本当に世のお母さんたちは真面目で、不安で、あまり自分に自信がないんだなと痛感した。自分も自信がなかったところは共通している。

でも、そんなに我が身を振り返らなくていいと、今なら思える。

昼間しくじったり、怒りすぎてしまったり、どこかに預けて少々寂しい思いをさせたりしたとしても、今夜寝るまでの三、四時間でチャラにすればいい。残された時間を、どう笑顔で満たすか。

マックでもカップラーメンでもお茶漬けでもいいから、笑い合う時間のことを考えたほうがいい。だって、子どもなんて、信じられないくらいさっさと巣立って、結婚して、こっちは祖母になってしまうから。体験者が言うのだから間違いはない。

私はかつて、第一子のとき臨月から三カ月間、仕事を休んだ。

出産した里から東京に戻り、シッターさんに預けて打ち合わせに出た初日。

駅のキオスクで、『週刊文春』を買ったときの幸福感たるや。ああ、ママでも妻でもないこの世界に、やっと戻ってこれたと感じた。よしやるぞと、チャンネルをひねるように仕事人へ気持ちが切り替わったのを鮮明に覚えている。

社会からの疎外感があったこと、資料がパンパンに詰まったバッグを抱え、駅のホームや車内でむさぼるように週刊誌を読むのも、私らしい私の人生なのだとはっきり認識した。

いっぽう、結婚と同時に退職、花やインテリアなど習いごとをして、暮らしを楽しんでいた専業主婦の知り合いがいる。彼女が子どもを授かったのでお祝いに行くと、子育てを学ぶサークルに入ったという。

見せてくれた手書きノートにはぎっしりメモが並び、児童心理学のテキストには、色とりどりのアンダーラインが惹かれていた。行間から、学びの楽しさがあふれている。

彼女にとっては、母としての時間を磨き、充実させることが喜びそのものなんだなとわかった。

働くことで自分を責めてしまう母親はいまだに少なくない。逆に、家事と育児の成果だけが自分の価値だと考えがちな自分に危惧を抱く専業主婦もいる。

働くか働かないか、他人や子どもがどう思うかは、関係ない。今、自分らしく生きられているかだけが、ものさしである。もしも窮屈や焦燥感や無力感、あるいは疲弊や心苦しさを感じているならば、現状を変える方法を考えよう。――答えは自分の心のなかにある。

四章

おしゃれの謎、粋のしくみ

ファッションは誰のものだろう

ヒールを履いたほうがいい。そしたら、ファッションも変わるよきっと。

洒落っ気ゼロ、着やすくて地味な服ばかりを着ていた私に、友人が忠告した。いつか、シニア向けのファッションアドバイザーをしてみたいという彼女の、予言めいたアドバイスに従い、さっそく一足買い求めてみた。

すると、どうだろう。世の中の風景がほんの少し高くなって、背筋が伸びた。おしゃれもちゃんとしなきゃ、自分をかまってあげなくちゃという気持ちが芽生えた。

以来、デニム一色だった私のワードローブに、少しずつスカートが増えてゆき、ヘアスタイルやメイクも変わり始めた。髪つやを気にしてトリートメント剤売り場でためつすがめつし、少し華やか目のリップカラーを選ぶようになったのも、自分にとっては事件である。

数カ月後、仕事先で、「いつもとちょっと違う雰囲気ね」と言われた。え、と聞き返すと、「なんだかキレイになったみたい」と、こちらが舞い上がるような言葉が。褒められたら嬉しいし、思わず笑みもこぼれる。げんきんなもので、その後の取材は心なしか、スムーズに進んだ。

帰り道に考えた。ファッションは誰のものだろう。

着心地がいいもの、自分の気持ちが自由になれるもの、テンションが上がるもの、似合うもの、持っている服とコーディネートしやすいもの、はやっているもの……。服を選ぶときはたいていこんなことを考える。

その基準は、すべて「自分」だ。

かたや、ファッションはコミュニケーションである、という考えかたもある。TPOに即したファッション。相手に合わせたファッション。会話がふくらんだり、その場の笑顔が増えるファッション。つまり、基準が「相手」になる。

若い頃なら、相手に合わせて服を替えるなんてと、つっぱっていたが、今はファッションにそういう役割があってもいいじゃないかと、素直に思う。人間関係が、自分の選ぶ洋服によって滑らかに進むなら、それにこしたことはない。そう考えると、服選びも変わってくる。

仕事なら、周囲の人の気持ちが上がるように。女子会なら、みんなが和《なご》めて楽しめるように。コンサートなら同行の人もワクワクドキドキ気持ちが華やぐように。

たとえば先日。二〇年ぶりに会う編集者と、打ち合わせをした。旅先で、他媒体の拙文を目にする機会があり、ちょうど書き手に迷っていた企画にピンときた、という。率直にありがたいなと思った。星の数ほどいる書き手のなかから、二〇年前の私の文体を覚えていてくれた。そのことが、とりわけ嬉しい。

この気持ちを、会ったときに伝えるのは当然だが、ファッションでも表したいと思った。なにしろ二〇年前、その人と仕事をしていたときは、新米母のど真ん中で、デニムに、だぼっとしたチュニックばかりだった。体型を隠せるし、子どもを自転車の前と後ろに乗せて走るときに楽というだけの理由で。メイクは、ファンデだけ塗っていたか、あるいはそれもなしだったか……。

当日は、明るいオレンジにドット柄の、ややフォーマルなワンピースを選んだ。きちんとメイクをして、一張羅を着て、新しいパンプスも（最近、股関節痛でヒールが履けなくなってしまった）。

編集者はあとから、「登場感がすごかった。ぱあっとその辺が明るい感じになった」と言ってくださった。何気なく言っただけだろうが、私には「登場感」という言葉が、勲章のように今も胸の中で大事にキラキラ輝いている。

自分の体型や顔立ちに似合う服や好みのテイストだけを選んでいると、どうしても似かよってしまう。ファッションはコミュニケーションと、とらえて買い物をするとおしゃれの幅が広がるという発見は、嬉しいおまけである。

おしゃべりな糸

草木で何度も染めた糸を、丹精込めて手織りで仕上げる、素朴な郡上紬《ぐじょうつむぎ》の工房を取材した。

着れば着るほど深みの増す〝幻の紬〟として、世に紹介したのは随筆家の白洲正子だ。

彼女が何度も泊まっていったという郡上八幡のその工房で、ご子息からこんな話を聞いた。

「白洲さんはひと目生地を見るだけで、〝染めの回数が足りないわね〟と、見抜いていらっしゃいました」

茜百回、藍百回という言葉があるほど、郡上紬は繰り返し染めて、光沢のあるあたたかな色味を出す。

生地から、染めの回数を見抜く白洲正子の審美眼にも驚かされるが、それ以上に、糸とはそれほど雄弁なものなのか、と心を動かされた。

染める回数だけでなく、染料が植物由来のものか、化学由来のものかでも、織られたときの印象が全く変わる。風合い、あたたかみ、つや、深み。一本の糸でも、染め方、つむがれかたによって、色味だけでなくじつに多くのことを私達に伝えてくれる。

だからだろうか。私は、ブラウスやスカートに、ひとすじでも縫い目を見つけたとき、どこかほっとするし、愛着が増す。ゆらゆら手縫いの痕跡が伝わる刺しゅうも好きだし、縫い目をデザインとしてあしらった服も好きだ。

雑貨屋で、かわいらしい名刺入れを買った。リーズナブルな和もの雑貨を、全国的に展開するショップらしい。

草木染め風のリネンの生地に惹かれたが、どうも、いつまでもボール紙のように硬くて、手触りが冷たい。使い込んでも手になじまず、ゴワゴワ。なんだか無機質でそっけなく、ずっと大事にしたい感じがおきないのである。

ある日、それを見た洋服作りが得意な友達が、

「とてもかわいいけど、これ、縫い目がないんだね」

と、ぽつんと言った。

はっとした。裏側までよく見ると、すべて接着剤で貼りあわせてあった。

もやもやしたものがストンと胸に落ちる。布は、糸で縫い合わせるものと思いこんでいたからこその、落ち着かなさの正体。違和感はそこにあったのだ。

ひとすじでも縫い目があれば、愛着の度合いも違ったかもしれない。

それから半年もすると、接着剤の端がはがれてきて、まもなく使わなくなった。

そんなやりとりを覚えていてくれた、前述の縫い物が得意な友人が、誕生日に手作りの刺し子の名刺入れをプレゼントしてくれた。

表にも裏にも、点点点と、私の大好きな縫い目が楽しげな模様になっている。それから五年使い続けているが、糸がほどけたことは一度もない。もしあったとしても、彼女にお願いすれば直してもらえるから安心だ。汚れたら手洗いをする。

その名刺入れをみると心が和むし、たくさんの点々が私を元気にしてくれる。そして、郡上八幡で白洲さんの話を聞いたあのときの思いが蘇るのである。糸って雄弁だな。

耳付き名刺の彼女

名刺の話をもうひとつ。

二〇年ほど前、建築家で、趣味で古道具屋をやっている女性に取材をした。

今は結婚して古道具屋のほうはたたんでしまったが、築八〇年ほどの長屋を自分で改装して、自宅兼古道具屋にしていた独身時代は、話すのも買い物も楽しくて、ときどき会いに行った。

二〇代の華奢《きゃしゃ》な身体で、とてもこの大きな家を改装したとは思えないのだが、店の裏に水道を引いてシャワールームを作ったり、薬の調合室（長屋は元薬屋だった）をかわいらしい台所に転用したり、発想が大胆でおおらかだ。

彼女の名刺は、硬い和紙でできていて、ふちに「耳」がついている。

耳付き和紙というのは、製造時の紙のふちの毛羽立ちをそのまま残したものである。紙を漉《す》いたときに出る耳を風合いとして楽しむ愛好者も多く、最近はプリンター用の耳付き和紙、名刺用のそれなど、種々市販されている。

だが、当時はまだ少なく、紙漉きの産地の土産物屋や、地元の紙屋に行かないと手に入らなかった。彼女は耳付き和紙にこだわっていて、旅先の文具店で買い求めては、自分で名刺サイズに裁断し厚紙に貼り付け、一枚一枚手差しでプリントして作っているという。

好きとは言え、なぜそこまで手を掛けるのかと聞くと、彼女は「う〜ん」と腕組みをしながら、記憶をたどるように懐かしそうに教えてくれた。

「学生時代、自分は何になりたいのかと人生に迷ってひとり旅をしたのです。インドや中国、国内は北海道から九州まで。迷いながら立ち寄った土地土地で、手漉きの紙をなんとなく記念に買っていました。耳付き名刺は、そのときの紙をカットして作っています。迷ったりもがいたりしながら、いろんな街のいろんな暮らしを見た。あのときの気持ちを、忘れたくなくて」

長いひとり旅の末、彼女は住宅建築という道を選んだ。美大を卒業し、設計事務所を経て独立。初めてきた依頼は、古い蔵を住宅に改修するという仕事だ。根底にあるのは、和紙の耳のように、人の手の痕跡が残る仕事がしたいという想いである。

竣工した家を見に行くと、蔵の柱や梁《はり》を生かした美しい木造建築に仕上がっていた。ああ、彼女らしい仕事だとしみじみ思った。自分よりはるか年上の大工さんや左官屋さんと、お茶を飲みながら語り合う彼女に迷いはない。あるのは希望と前進だけ。耳付き名刺を使い続けるのは、自分の原点を忘れないためだろう。

さて、私にとっての耳付き名刺は、なんだろう。手の痕跡が残る仕事を目指す、自分もそのひとりなのだが。

初恋とカーディガン

女友達から、こんな初恋の話を聞いた。

ある晴れた秋の日、大学の中庭で待ち合わせをすると、いつものようにはにかんだ笑顔の彼が現れた。ところが、カッターシャツの上にカーディガンを着てきたので、幻滅して別れてしまった。

「どうしてそれで別れちゃうの？」

身を乗り出して尋ねると、さらりと答えた。

「半袖のカーディガンだったのよ。なぜか、長袖シャツの上に」

秋というには早すぎ、夏というには遅い季節。長袖カーディガンでは暑いと思った彼の、せいいっぱいのおしゃれだったのかもしれない。でも彼女は、「そのセンス、許せない」と思ってしまったらしい。でもさ、と彼女は続ける。

「カーディガンを素敵に着こなしている男の人って、今でもあんまりいないよね」

そう、カーディガンって難しい。優しくなりすぎず、トラッドになりすぎず。自分らしく粋に着こなしている人が少ない。男性なら、なおのこと。

いくつかの秋といくつかの恋を経た彼女は、遠い目になる。

「なんであんなことが気になっちゃったんだろうって、思うの。今なら全然ＯＫなのに」

悪いのは、半袖のカーディガンではなくて自分。外側ではなく内側の大事なものを見ようとしなかった若い自分なのだと、その横顔が語っていた。

そう気づく時間も、あなたには必要だったんだよ、きっと。

少し冷えた空気が袖から肌に伝わるテラスのカフェで、色づく木々の葉を眺めながら、心の中でつぶやいた。そんなことも、きっとわかっているに違いないけれど。

秋のベランダディナー

品のいいグレーヘア、スラリとした上背、穏やかな物腰。見るからに紳士な人が目の前に現れた。

雑誌の「夫婦の絆」というテーマの鼎談で、三人の男性読者に来てもらう予定だった。ところがひとり、体調不良で当日キャンセルに。急遽、同じ出版社に勤めていた年齢的に適当なその男性が、助っ人に呼び出されたというわけである。

お子さんはいないが奥様ととても仲がよいと社内でも評判で、その秘訣や理由を語るという内容にぴったりとのこと。私は、司会とライティング担当である。

鼎談が進むなか、彼が「う〜ん、秘訣なんて考えたこともなかったけれど、あるとすれば七輪かな」と言った。

七輪？　そこにいたスタッフ全員が目を丸くした。

彼いわく、共働きで平日は忙しいが、土日は夕方からベランダで、いちばん小さなサイズの七輪で、椎茸やイカを焼きながら妻と一杯やる。七輪は、ちりちりと焼けるのに時間がかかるから、その間に一週間分の会話をゆっくり交わすのだそうだ。

「秋の今なら銀杏《ぎんなん》がおいしいです。一度に数粒。野菜も一種類ずつ順々にね。何しろ時間がかかるから、けっこういろいろ話せますよ」

なんて大人で、粋な習慣だろうと感心した。イタリアンだのフレンチだの、夫婦ならあらたまりすぎて間が持たないが、七輪なら気楽ですぐできる。旬の味覚をほんの少しずつ、ゆっくりと。片手にはビールより、さしつさされつの日本酒が合いそうだ。焼けたら「お先にどうぞ」の互いの思いやりも、ちょっぴり嬉しい。飾らない、けれどももしかしたらどんなレストランよりおいしいかもしれない秋のベランダディナーを羨ましく思った。

秋は空が高い。都会のビルとビルの間に切り取られた、小さくても高い空を見上げながら、こんがり焼けるエリンギにレモンをじゅっとかけるのはさぞうまいだろうなあ。

とても深くて哲学的な答えが返ってくるのかと思いきや、人生の先輩は、じつに現実的でごくふつうの、けれどさりげなく愛情のつまった、自分らしい絆のコツを持っている。夫婦ってそういうものかと妙に納得した。

銀杏の葉が色づくと、七輪とあの素敵な男性の話を思い出す。

デイゴ

沖縄にひとりだけ男友達がいる。ロケーションコーディネーターのマエダ君。真っ黒に日焼けした、彫りの深いきれいな顔立ちだが、木訥《ぼくとつ》としていてシャイ。喋ったとしても、方言が強く、内容を聞き取れないことが多い。外見とキャラクターのギャップの大きさが魅力だ。

そんな彼は、沖縄本島で生まれ育ったにもかかわらず、プライベートでほかの島に行ったことがないと言う。竹富島、石垣島。地名を聞くだけで、うっとり心が安らいでしまいそうな青い海に囲まれた島々は、観光地のように遠い存在なんだそうだ。

「もったいないね」と言うと、「東京の人が東京タワーに行かないようなものですよ」と笑った。一緒に仕事をした何日かの間、彼はいつも白やグレーの、シンプルでくたっとしたTシャツを着ていた。「若いし男前なんだから、もっと明るい派手な服を着たら？」と、余計な世話を焼くが意に介さない。

ロケの空き時間に、近くの庭園をふらりと散策した。ブーゲンビリア、ゲットウ、ベニテマリ、デイジーにレンギョウ。赤、青、ピンク、紫、色とりどりの花が咲き乱れ、まさしく桃源郷のよう。息をのんでいると、青い空に鮮やかに映える真っ赤な花の木を指さして教えてくれた。

「これがデイゴの花です。僕のいちばん好きな花」

燃えるような深い紅色をたたえ、太陽に向かって咲き誇っている。「県花なんですよ。うちの近所にも何本かあります」と説明する彼の横顔も、どこか誇らしげだ。

ああ、こんな鮮やかに美しい色とりどりの花に囲まれて暮らしているから、服装が地味なんだなと変なところで深く納得してしまった。

沖縄の自然界の色やフォルムがファッションそのもの。花も木もフルーツも、まぶしいくらいに鮮やかで、それが日常。いろんな色をまとわなくても、わざわざ隣の島に行かなくても、心は満たされ、美しいものが、そばにたくさんある。

マエダ君は相変わらず、飾らないくたくたのTシャツでがんばっているだろうか。

褐色の手土産

クリスマス、忘年会、新年会。冬は、集まりが多い。呼ばれるとき、悩んでしまうのが手土産である。

スイーツかワインか。スイーツなら、和か洋か。花束は手土産に向いていないと、なにかで読んだことがある。受け手はラッピングを外し、花瓶を用意し、水切りなどしてスタイリングしなければならない。招く側の主は当日忙しいものなので、受け取る側の手を煩わせるものはNGというわけである。

ある年のクリスマス。自宅に七〜八人ほど招いたとき、近所の友達が、

「これ、ティータイムに使って」

と、クッキーと一緒に、白い保温ポットを差し出した。ていねいに豆から挽いてドリップした珈琲がたっぷり入っていた。オードブルからメインの料理まで、出したり片付けたりを繰り返しながら、適度に会話にもくわわるホステス

の身に、これは心底ありがたかった。人数分の珈琲を豆から挽いて、一杯ずつドリップするのはなかなか手間のかかるものだ。かといって、パーティにインスタントでは味気ない。

「ブルーマウンテンにしてみたよ」

近所の珈琲豆屋さんでいちばん上等な豆だ。当日は何かと忙しかろうと考えた末に用意してくれた、その気遣いがうれしかった。ゴミも出ず、ポットはそのまま彼女が持ち帰ったので、片付けもいらない。

手土産というとつい、見栄えや価格をものさしに選んでしまうが、本当に上手な贈り物ができる人というのは、受け取る側の気持ちやその日の状況まで想像できる人なのだろう。

珈琲のポットは、忘れられないパーティの手土産のひとつだ。

彼女みたいに、気の利いたお土産を携えていきたいといつも思うのだが、なにもひらめかないので悲しい。

木綿往生

民藝運動家で倉敷民藝館初代館長の外村吉之助《とのむらきちのすけ》（一八九八〜一九九三）は、「木綿往生」という言葉を世に遺《のこ》した。

木綿は人に優しく、最後は雑巾として仕え、役割を終える。人の一生もそうありたいというメッセージが込められている。

着物、布団、赤ちゃんのおむつ、つぎはぎ。かつて、一枚の木綿はいろんな用途で使われ、最後は雑巾になった。なんと働き者なことか。

氏は「雑巾は、木綿以外の繊維は向かない」と語っている。吸い取りも乾きも早く、丈夫な木綿。ほころんでも、刺し子をほどこすと、さらに立派な雑巾に生まれ変わり、絞る・拭くの酷使に長らく耐える。

布が大切にされた時代に学ぶことは多い。

禅宗には、雑巾がけをすると、美しい行為の種がまかれ、自分も人の心も清らかになり、やがて周囲は生き生きとして、環境もよくなるという教えがある。「掃除の五功得」という。一枚の木綿を最後まで使い切る行為も美しいし、雑巾がけとはそんなに清らかなものであったかと気づかされる。

捨て方や、ものを持たないためにはどうしたらいいかという情報ばかり追いがちだ。それより、布一枚とのつきあい方を広めたほうが、きっと持ち物は減る。ただし、綿百パーセントでないと、何回もは再生させられない。ということは、捨てるというアウトプットではなく、買うというインプット時に、よいものを選ぶことが、本当のＳＤＧｓにつながる。

長く着られるもの、ほころんでもそれが味わいとなるもの、リメイクできるもの。私達の周りには、きっとそういう布ものがたくさんある。

衣替えのとき、木綿を慈しんだ外村氏のような優しい目で、クローゼットを眺め直すのもいいかもしれない。

結婚パーティ

結婚披露宴に呼ばれた。小さな声でばらすと、彼も彼女も二度目なので、気楽な立食パーティ形式にして、思いきりくだけた感じにしたいと言う。

場所は老舗のフレンチレストランだ。

ところが、少し困ったことも出てきた。洋服をどうしたらいいだろう。

ドレスコードもない。フォーマル過ぎるのも浮きそうだが、親族も出席する場でデニムというわけにもいかない。

なにしろ、そんなざっくばらんな披露宴というものに出たことがないので、勝手がわからない。

あれこれ悩んでいるさなか、あるアパレルショップで、新作フォーマルウエアが、コットン製だときいた。

着心地はいいが、限りなく普段着に近いコットンが、はたしてパーティウエアになりうるのだろうかと気になる。

すると、店のスタッフが言う。

「パーティって長丁場だから、着心地のいい服のほうが絶対いいと思いません？」

なるほど。

たしかにどんなパーティも、気を張っているから、少し疲れる。化繊のパチパチやら、一張羅のシルクの静電気が気になって、あまり楽しめなかった経験も残念ながらある。

フォーマルは、この素材でなければいけないというルールもないはず。

華やかな場で、着心地のいい素材を身にまとい、自分らしいおしゃれができたら最高に素敵だ。それに、コットンのパーティドレスなんて、肩肘張らない遊び心が潜んでいて、おもしろそうだ。

残念ながら、コットンにしてはかなり高かったので諦めたけれども、「こうでなければ」を取り外したら、ファッションはもっと楽しくなりそうだなと思った。結局私は、古着屋で買ったワンピースを友達にリメイクしてもらった。

世界にひとつの

自分のファーストネームをネックレスにしている友達がいる。一八金のチェーンの先に、アルファベットの名前が並んでいる。ネームネックレスというジュエリーで、アメリカの女優がつけて話題を呼ぶずっと前から、彼女の胸元にはいつも小さく輝いていた。小さくて、近くに行かないと文字が読めないが、世界にひとつしかないのだと、嬉しそうに教えてくれた。

おしゃれが大好きな人で、自らもジュエリーや雑貨を扱うショップを経営している彼女は、ほかにもたくさん持っているはずだが、プライベートではいつもこれだけである。

「自分の名前は自分のアイデンティティそのもの。私はこのネックレスを身につけるたび、名前に負けない自分でいようと、いつも背筋がぴんと伸びるんだ」

おしゃれには、そんな役割もあるんだなと発見をした。自分が自分であるために。そして、自分を奮い立たせるために。そんなアクセサリーがあってもいい。

宝石の大きさや輝きやブランド名ではなく、「私」を語るネックレス。「私」を語るファッション。そういうものに、個性という輝きが宿るのだろう。

春先に、思いつきで誕生石をあしらったネックレスを買った。

太古の煌《きら》めきを持つアンティークビーズと、ピンクトルマリンの組み合わせに惹かれた。細いチェーンに、小さな石と小さなビーズ。さりげないけれど、自分が生まれた月の石に守られているような、不思議な安心感がある。

ビーズはアンティークだから、ふたつ同じものは作れないのだと、そのネックレスのデザイナーは言った。だから、作っている私も楽しいんですよ、と。

ごくたまに、胸元に揺れる石にそっと触れながら、自分が生まれた日のことを思う。

調べたら、「石言葉」は希望。春一番にふさわしい、自分への贈り物になった。

先生の先生

「畑に行くと、前の週とは必ずどこか変化している。行くと、なにかしらやることが必ずある。それが楽しいのです」

郊外に畑を借りて、週末に野菜を作っているという人が、取材で語った。

大学で心理学を教えている。友達や家族を呼んで、農作業に励む日もある。

そういうときは、折りたたみテーブル持参で、畑でランチとなる。たとえば、庭の柿の葉で包んだおにぎりに、畑で採れたポテトのサラダ、お手製のきゃらぶきを空の下で食べる。

土の感触、風のやわらかさ、雨あがりの空気の澄み具合。植物が芽吹き、実を付け、やがて葉を落とし、枯れてゆくこと、柿の若葉がこれほど甘い香りを放つということ。小さな畑から、彼女はたくさんのことを学んでいる。そのどれもが、学校では教えられなかったことばかりだ。

「人間は一生、学ぶことができる。なんてありがたいことだろうと思う。私は教壇に立っているけど、私の先生は、ここの野菜や土。昨日と今日、同じことをやっていても、お日様の加減で土の具合が変わるから、これから先も、やっぱりずっと勉強が必要なのね」

野菜が先生。いい言葉だなあと思った。

もう勉強なんてとっくに終わったと思いこんでいたけれど、心の目を違うところに向ければ、森羅万象が先生になり、教室になる。脳ではなくて、身体に刻む勉強がある。

若葉の甘い香りがうつった白米のおにぎりのご相伴に与《あずか》りながら、私は空を見上げた。

大人になった私の先生は誰だろうか――。

名前のない色

日本人には、「間（あわい）」という独特の感覚がある。あるかなきか。光と闇の間。中と外の間。

昼と夜の間、闇がくる前の一瞬の夕焼けの輝きに、えもいわれぬ郷愁と美を見いだし、障子越しにゆらめく太陽の光を愛で、先人たちはかつて、ぼんやりと手もとだけ照らす行《あん》灯《どん》の灯りをたよりに生活をしてきた。

そして、枯れ果てたもの、消えゆくものにも、時間の経過がもたらす美を求め、死者の執念を表した修羅の能面で、侘《わ》び寂《さ》びという日本人にしかない美を表現してきた。

ところが海外に行くと、白か黒か、イエスかノーかつねに求められるという。日本人はそれが苦手だと。私は、そこが我々の悪いところだと、まるごと否定したくないという気持ちがどこかにある。

たとえば青ひとつとっても、何十という名前のない青があり、濃淡があり、グラデーションがある。そのひとつひとつに、表情があり、その色ならではの美しさが宿っている。

何かと何かの間の、名前のない美しいものたちの存在を、私達はもっと讃《たた》えてもいい。

それはきっと、パソコンでは作れない色で、大量に均一には生み出せないものに違いない。

夏になると、簞笥《たんす》から出してキャビネットに掛ける藍染めの布がある。

ところどころ色むらがあり、さらに最近は、日に焼けて青が褪《さ》めてきた。時間の経過とともに変化するその褪め具合も、ちょっと予想外の淡い青色で、気に入っている。

自然から生まれた素材で作られた本物は、朽《く》ち果てる最後まで美しい。

生まれてから朽ちるまで。その長い間を、侘び、寂び、幽玄という言葉で愛でてきた先人たちの美意識を、私達はもっともっと、誇りに思いたい。

ざらざら、しわしわ、しゃりしゃり

紙が好きだ。『紙さまの話』（誠文堂新光社）という本を上梓しているくらいに大好きだ。だから、手紙にも特別の思い入れがある。

メールが全盛になればなるほど、手紙やはがきを書く機会が増えた。〝縦書きの手紙をもらったのは久しぶりです〟等々、相手が喜んでくれるので、はりきってしまうのだ。みなが書いていた時代であれば、こんなに喜んではもらえまい。

旅に出ると、郵便局に立ち寄って、ご当地の記念切手を買い、道の駅では、必ずその地方の手漉き和紙がないかチェックする。和紙の便せん・封筒にも目がない。

メールには手触りがない。それがだんだん物足りなく、ことさら寂しく感じるようになった。送った人の反応からも、人の手の痕跡を尊んでいる様子が伝わる。

ざらざら、しわしわ、しゃりしゃり、感触が欲しい。ときには紙の端っこがめくれていたり、インクのシミがあったり、のり付けした封筒の縁が、のりで妙に盛り上がっていたら、どうしたのかな？　几帳面なあの人だけど、のり付けを失敗したのかななどと想像する。痕跡の向こうには、その紙と相手がつきあった時間が、横たわっている。手紙は、その時間をも乗せて、私の手元に届く。

大学院で印刷の研究をしていた人に教えてもらったことがある。

「人間は、均一なドット（点）より、不規則に並ぶドットのほうに、本能的に目がとまります。どうして不規則なのかなと、本能的に理由を探ろうとする。頭にひっかかるのです。だから、均一なドットで構成されているデジタルの文字より、凹凸がありときにはカケやウスレがある活版印刷の字に惹かれるのです」

古本や、手触りのあるものがいいというのには、ちゃんと理由があるのだ。

布も同じだ。手触りがあって、染めムラや濃淡があって、同じものがひとつとしてないようなものに惹かれる。あるいは、洗えば洗うほど肌触りが良くなるもの。着れば着るほど、しなやかにからだになじむもの。だからどうしても私のクローゼットには、リネンやコットンが多くなる。

どれにしようかな。好きなあの人に会うために着ていく服を探すのは、好きなあの人に手紙を書くために切手や便せんを選ぶのと、きっと少し似ている。

日本茶を習いに

よく晴れた土曜日。娘と私は、意気揚々と近くの日本茶喫茶店に出かけた。待ちに待った、子ども日本茶教室というその店の初めての試みに参加するためだ。

参加条件は、幼児から小学校二年まで。当時娘は三年生だったけれど、むりやり入れてもらった。

いつもはまったりお茶を飲む奥のテーブル席が教室になっていて、八組ほどの親子が仲良く並んでいる。子どもの前には、朱塗りのトレイと、小さな急須、黄色の兎の柄の湯飲み。おもちゃのような小ささだけれど、どれもきちんとした焼き物で、大人用とまったく同じ。サイズが小さいだけである。

「最初の一煎《いっせん》目は、お湯を注いだら五つ数えてね」

店主の女性が先生になって、ゆっくり、お茶を煎《い》れる所作を教える。

神妙な面持ちで、おそるおそるふたに指を添え、最後の一滴まで湯飲みにお茶を注ぐ子どもたち。店いっぱいにかぐわしい茶の香りが漂い、私は思わず深呼吸。

小さな手で、小さな急須を持ち、兎の湯飲みに注ぐ子どもたちは、どの子もちょっと誇らしげだ。それはそうだ。なんたって、自分の道具なのだから！

娘の煎れてくれたお茶は、お世辞抜きに本当に甘みと旨みが混ざり合って、とびきりおいしかった。

「おいしいよ。ごちそうさま」

自分の煎れた一杯を、目の前の大人がおいしそうに飲み干すのを見て、またまた子どもたちは胸を張り、嬉しそう。たった一時間ほどで、完璧にマスターできたわけではないが、店主さんいわく、「人生の最初に、本物の道具に触れてお茶を煎れる体験をしてもらいたくて、企画をしました」。

ならば、十分目標は達成されている。

急須と湯飲みはそのままお土産としていただいた。娘はその後しばらく、家で茶葉なしの水だけで練習していた。湯飲みを湯で温め、茶葉が開くのを五つ数えて待ち、最後の一滴まで落ちるのを待つ。一杯のお茶にもたくさんの間《ま》があることを知る。

人生で最初に煎れる飲み物が、日本茶であることを羨ましく思った。

寒い夜のジンジャーティー

バリ島旅行を機に、ジンジャーティーが好物になった。作りかたは簡単だ。紅茶に生姜のスライスかすりおろしたもの、黒砂糖かはちみつをたらすだけ。暑い国で、熱いティーを地元の人がおいしそうに飲んでいるのを見て、試したらやみつきになった。生姜の辛みと糖分が、いい塩梅に混ざり合って、甘いのに後味がすっきりしている。

冷房や冷たい飲み物で冷え切った身体には、生姜が効く。内臓まで、じんわり温めてくれるようで、私はバリの、どのカフェやレストランでもこればかり頼んでいた。

正統派の店ほど、ジンジャーティーはメニューにない。それでも頼むと、「ＯＫ」と不思議そうな顔をしながら、紅茶のティーバッグと生姜の入ったポットを持ってきてくれる。本当にこんなふつうのものでいいの？　という、いぶかしげな表情で。ジンジャーティーは店の人が休憩のときに飲む、日本で言えば番茶のような飲み物で、とくに客に出すようなものではないらしかった。

日本でも、夏冬関係なく飲むようになった。もちろん、冬のそれは格別だ。のどから身体の芯まで、ほんわかと温まり、穏やかな気分になる。飲みながら、ほっと一息深い呼吸をすると、寒さや忙しさに縮こまっていた身体や心がときほぐされるよう。

そのうち、いちばんおいしい組み合わせにたどりついた。紅茶は癖のないアッサム。生姜はすりおろしたものを小さじに一杯（すりおろしたオーガニックの生姜を小分けして冷凍している）。甘みは、奄美や波照間《はてるま》の添加物不使用の黒糖に限る。黒糖のミネラルは、疲労回復や身体の調子を整える働きがあるとか。また身体を温めるという効果もある。

身体にいいことだらけだと思うと、よけいにおいしく感じられる。

考えてみれば、生姜も黒糖も紅茶も、自然の恵みから生まれた、昔からある食材だ。特別なサプリを飲まなくても、たとえばそんなありふれた飲み物で、人は元気になれる。身体の調子も整うようにできている。

古今東西、先人たちは生姜を薬代わりにいろんな料理に利用してきた。わかりやすい目の覚めるような効果はなくとも、ほんのり身体が温まる。それだけでいいじゃないのと思う。

身体に入れるものも、もうあれもこれもと欲張らなくていい。無理して高いものや、誰かがいいといったものを取り寄せなくても、台所にあるもので先人たちの知恵を再び見直したらいい。

寒い夜の一杯のジンジャーティーは、そのへんの恋人よりたよりになりそうだ。

宇野千代さんの魔法

敬愛する作家・宇野千代は、こんな名言を残している。

「おしゃれをしない人間は、泥棒より醜い」

ずいぶん強烈な響きがあるが、恋に文学の仕事に趣味の着物のデザインに、何に対してもアグレッシブで全力投球だった宇野さんらしい言葉だなあと、心に留めている。

また、自身が発行していた日本のファッション誌の先駆け『スタイル』の増刊号にも、こんな随筆を残している。

　私はお洒落をしている人を見るのが好きです。（中略）田舎くさいような、でこでこの、下手なお洒落の人でも、私はそういうことに関心を持っているという点で、その人が好きです。

（『宇野千代　きもの手帖』二見書房）

おしゃれが下手だろうと何だろうと、自分がどうしたらきれいになれるかつねに考え、自分に手を掛け、心を掛ける、その気持ちのもちかたこそが美しいというのだ。

小さな頃から、見た目ばかりを気にするな、中身を磨けと言われて育ったものだが、見た目を気にすることは人としての義務でありマナーでもあると、きっぱり言い切る宇野さんの潔さが、私には眩《まぶ》しい。

女性は少しでも歳を重ねると、無意識のうちに「私なんて」「もう○歳だから」「はやりものを着るのは恥ずかしい」と言いがちだ。そういう後ろ向きな気持ちが少しでも芽生えたら、宇野さんを思い出したい。

真似でもいいのです。ときには、化粧をやりすぎてもいいんです。きれいになろう、みせようと思う気持ちを忘れたら、生き甲斐も減ってしまいますよ。（同）

宇野さんは九十歳を超えてからも、自分でデザインした桜満開のピンク色の着物を着ていらした。それが少しも不釣り合いでなく、愛らしいピンクが肌の白をきわだたせ、華やかで若々しい印象をもたらしていた。あれは満開の桜や一面のピンクに、内面の輝きが負けていないから、似合っていたのだと思う。

とするならば、おしゃれ心を磨くことを忘れず、身じまいを美しくすることに正々堂々と向き合い、妥協しないという生き方は、外ににじみ出る。それが個性やその人らしい美しさとなって表出する。

つまり、きれいになろうという気持ち自体が、きれいをつくるのだ。

なんだか身だしなみやおしゃれのことばかり書いていて恐縮だが、五〇歳を超えてますます興味が募っており、一〇年前の私には想像もつかない嬉しい変化なので、ご容赦いただきたい。

前述の宇野さんの著には、こんなチャーミングなメッセージも添えられているので、伝えさせてほしい。

お化粧して、自分の一番好きな着物を着て街へ出る。すると、ついそこの、最初の街角で、新しい恋人に出会うというわけです。ほんとうですよ。からっとした、まるで新しい気持ちになりさえすれば、街へ出ても、ついそこの、最初の街角で、新しい恋人をめっけてしまうんです。

混ざる

古くから伝わる活版印刷の技法を用いて、オリジナルのカードや封筒を作っているデザイナーがいる。

活版印刷の工場で、動物の線画やグラフィックデザインを、自分の調合した色を指定して特別に印刷してもらう。彼女はとくに中間色が好きで、青ひとつとっても、紺と水色の間の名前のない淡い色をつくったり、緑がかった青をつくったり、独特の色味でデザインする。

海外の展示会に出すと、外国人のバイヤーに「あなたの色は海外では売れない」と言われるという。欧米では、淡い色よりはっきりしたビビッドな色が好まれるからだ。日本のように、着物用に鼠色が一〇〇種もあるような国の美意識は、理解されにくいのかもしれない。

けれど私は彼女のデザインが好きだ。

色に名前がなくてもいいではないか。彼女にしか出せない青や赤があっていい。

彼女の繊細な色の指定を理解できる印刷屋の職人は少ないそうで、何人かに当たって次々断られたあと、やっと今組んでいる職人さんと出会えたとのこと。

「でも七〇代のおじいさんで、身体が心配なのです」

と、まるで孫が祖父を心配するような表情で、彼女は呟《つぶや》いた。

どうかずっと元気で、この独特の色の印刷をこれからも続けて欲しい。顔も知らぬ職人さんの健康を、私も思わず願う。

彼女が我が家に遊びに来たとき、「お土産代わりです」と自分の作品を束にしてくれた。マスカットに野草を足したような薄いグリーンの文字。レモンと柚子とグレープフルーツを足したようなイエローの絵。いろんな色が混ざってひとつの色になっている。

これは、どんな色から成っているか、想像をめぐらす。きっと、おじいさんもそんなところに惚れたんだろう。

琉球ガラス工房にて

沖縄へ行った。琉球ガラス作家の取材だった。泡盛やコカ・コーラの廃瓶を使う昔ながらの再生ガラス専門の作家である。

しかし彼女は、沖縄の伝統を引き継ぎたいという思いで始めたのではないと語った。

「きれいだから作っている。それだけです」

美しいものを作ろうとするとき、理由はいらない。無意識のうちに、取材にテーマや理屈を当てはめようとしていた私は、恥ずかしくなった。

きれいだから作る。なんてシンプルで、揺るぎのない言葉だろう。

ガラス作りは、じつは重労働である。夏は釜の前で脱水症状で倒れることもあるという。汗が出ていくので、脇に塩壺を置き、それをなめながら火とガラスに向き合う。

月曜から金曜まで釜に向かい、土曜と日曜はお母さんになる。子育てはおもしろいけれど、それでも、日曜の夜にはガラスのことが頭に浮かび「早く明日にならないかな」と思うそうだ。今日は昨日より上手くなりたい。明日はもっとここをよくしたい。そう思い続ける生活が一〇年続いている。彼女は静かな声で言った。

「私なんてまだまだです。これでいいなんて思えることはありません。ガラスは奥が深いから」

単なる生活の道具と言ってしまえばそれまでだ。けれど、ガラスは百年も二百年も残る。手の痕跡も、自分の思い描く美を追究し続ける彼女のゆるぎない情熱も。そういうものは、作り手の魂となって、ものに宿る。

私は文字を紡いでいる。はたして彼女のような熱をもって文字と真剣に対峙しているか。

創造は、理屈じゃなく熱い想いから生まれるもの。さとうきびがゆれるのどかな南の島で、もの作りの原点をあらためて胸に刻む。

襲の色目

中学生の頃、大好きな現代国語の先生が、コップを手に取り、私達にこう問いかけた。

「お前たちから見たら、このコップはどんな形だ？」

幼児にするような質問を不思議に思いながら、生徒は「円柱」と、ぼそぼそと答えた。

すると、先生はコップを九〇度に倒し、口の部分を生徒に見せ、こう言う。

「そうだ。円柱だ。でもこうしたらどう見える？　丸だろ？　ただの円なんだ」

先生は何を言いたいのだろうと、私は耳を傾けた。

「いいか？　真理はひとつじゃないんだ。コップは円柱形だが、ただの円でもある。これまで、お前たちは、いいか悪いか答えは一つ。あるいは一＋一は二。いつも答えはひとつに決まっていた。だが、世の中には二で割り切れないこともたくさんある。真理がひとつじゃないこともあるということを忘れないで欲しい」

目から鱗が落ちるとは、ああいう瞬間を言うのだろう。鮮烈な衝撃を受け、心の中で何度もその言葉を反芻《はんすう》した。真理はひとつではない。

平安時代の公家の世界から、襲《かさね》の色目《いろめ》という文化が生まれた。

襲の色目とは、衣服の表地と裏地の配色、重ね着の配色、経糸《たていと》横糸の織物の配色、三つの意味がある。日本の四季を、襲の色目という二色以上の組み合わせで表現し、季節ごとに使う組み合わせが決まっていた。

白と紅梅で「雪下紅梅」という色目。

紫と薄紫で「菫」。

黄と紅で「裏山吹」。

鮮やかな黄色の生地の裏は、燃えるような紅色なのだ！「春は桜色」というステレオタイプの美意識はどこにもない。太陽のような黄色も春。紅も春。単純には表せない春の美を、ふたつの色で表現する感性と、真理はひとつじゃないと説いた、かつての恩師の教えが私の中では不思議と重なる。春はピンクだけじゃないぞと、あの先生も教えたかったのではあるまいか。自分が思っているより、自然という名の美はもっと優雅で複雑だ。

冒険心

化粧品メーカーと仕事をしたときのこと。次のシーズンに提案するメイクを、新商品を使って全国から集った美容部員さんにレクチャーする。その勉強会で、毎回、興味深いことがあるというこぼれ話を聞いた。

熱心に新しいメイクを習ったあと、どんなに新商品やメイク法の魅力を深く理解しても、勉強会が終わると、ほとんど全員がメイクを落とし、元々してきた自分のやり方の化粧に戻して帰るのだという。

きっと、自分にとって似合うものはこれ、という女性ならではの思い込みや、長年の安心感がそうさせるのだろう。メイクやヘアスタイルや洋服を冒険したがらない人の気持ちはわかる気がしたので、反面教師として深く記憶に残っている。

あらためて考えてみると、女でも男でも、冒険心をなくしたらもったいない。それは、楽しみを半分捨てたようなものかもしれない。

新しい口紅、新しいファンデーション。自分のクローゼットにないフォルムのカットソーに、今まで持っていない色のパンツ。むやみやたらに新しいものにとびつくことはないが、自分に似合う・似合わないの幅を、あまりにも狭く設定しすぎていると、新しい自分に出会えるチャンスを失う。

エイジレスとか、○歳若い肌に、という文字が、化粧品広告やファッション誌にたびたび登場している。エイジレスでいるために最も必要なのは、何を使えばいいのかではなく、冒険心かもしれない。

変わることを恐れない心、新しい情報を自分流に取り込む感性。そういう目に見えないものが、高価な化粧品より即効性がありそうだ。

ゆたのたゆたに

古今和歌集に、詠み人知らずのこんな恋歌がある。

いで我を人なとがめそ大舟の寛のたゆたに物思ふ頃ぞ

寛と書いて「ゆた」と読む。「ゆたのたゆたに」はゆらゆらと漂い動くさまのこと。ゆらゆらと大舟がゆっくりたゆたうように、私は今、恋のものおもいにふけっているので責めないで、という歌である。ゆったりと心ほどける素敵な歌だなあと思う。

昔も今も、人は恋をしたらやっぱりぼーっとなってしまうのは同じらしい。空《くう》を見て悩んだり、あれこれ妄想して嬉しくなったり、心配になったりする。

そんな私を放っておいてください、今はこの恋心に浸っていたいのだからという気持ちは、とても理解できる。

男性の歌らしいが、この際、男か女かどちらでもかまわない。ゆらゆらゆれる恋心は、昔も今も変わらないのだと思うと、千年以上前に生まれた古今和歌集がひどく身近に感じられる。

人が人を思う心は、こんなにもアナログで、原始的で、はかなくて、せつなくて、趣き深くて、かけがえのないものなのだ。

メールやＬＩＮＥは、軽く告白をして、ふられたら冗談にすりかえることができるから、傷つかなくていい。

でも、趣き深いゆらゆらした時間は、ぐんと短縮される。先人たちは、この無駄なゆらゆらたゆたう時間から、たくさんの芸術を生み出してきた。会いたくても会いたいと言えなかったり、好きと言えなかったり、思いがどうしようもないくらいふくらんで、自分で自分をもてあましたり。それも含めて恋。だから楽しいし、愛おしい。優れた文学も絵画も音楽も、そういう心の機微の狭間から生まれたのだ。

心揺れる恋の歌の多幸感は、時空を超える。

カフェラテ・ホイップ問答

仕事に煮詰まって、何か甘いものを食べたくなった。財布を握って外に出る。一〇分も歩くと大通りである。クレープもいいし、ドーナッツもいいな。でも、贅肉が気になる。来週は、憧れの作家にインタビューの仕事がある。そのときに、最近買ったあの刺しゅうの巻きスカートをかっこよく穿《は》きたい。

よし、0カロリーのコーヒーにしよう！

はりきってコーヒーショップのドアを押した。甘いものをやめてコーヒーにした自分を偉いと、心の中でほめてやる。

レジで、はにかんだ笑顔のかわいい女性店員さんと対面する。メニューを見ながら、「クレープ屋じゃなくて、コーヒーショップにしたんだから、ラテくらいいいよな」と、ふっとよぎる。

「ミルクは低脂肪にできますか？」

と聞くと、店員さんは「はい」とニッコリ答えた。そうか、だったら低脂肪でカロリーを落とす分、ホイップをのせても罰は当たらないだろう。クレープの生クリームより、ずっとローカロリーなんだから。

「グランデサイズの低脂肪でカフェラテ。で、ホイップにして下さい」

そう言ったあと、なんともいえない罪悪感におそわれ、小さな声で言い直した。

「……あ、でもやっぱりホイップはなしにしてください」

ダイエットを気にしている私の気持ちを察してか、親切な店員さんが教えてくれた。

「無脂肪もできますよ」

「じゃ、無脂肪で！」

「かしこまりました。ラテ、ワン」

と、ほかのスタッフに声をかけながらレジを打つ。私はためらいがちに追加オーダーをした。

「あの……、やっぱりホイップのせてもらえますか？」

店員さんは笑いを堪えきれず、「かしこまりました」の声まで震えている。思わず私も吹き出しながら、言い訳をする。

「ほら、低脂肪にするならホイップやめようと思ったんだけど、無脂肪ならカロリーぐんと抑えられるからそのぶんホイップ、やっぱりのっけようと思って」

「ええ、ええ。わかります。ホイップのせましょう」

「おかしいでしょ？　ダイエット気にしてるんだか、してないんだか」

「いいえ（笑）。無脂肪にしたときの、いいことした気分、とってもよくわかります。なんか、達成感ありますよね！　だから、ホイップくらい大丈夫です！」

「わかってもらえる？」と言いながら、ふたりで声を出して笑ってしまった。よく行くチェーン店だが、こんなふうにレジの人と話して笑いあったのは初めてだ。

痩せておしゃれをしたいけれど、甘いものに負けてしまうどうしようもなく女子な気持ちを、レジカウンターを越えて共有できた気がした。この年になって「女子」もないのだけど、子どもの頃から愚かさがまったく変わっていないので、あえて使わせてもらう。

いくつになっても、立場が変わっても、女は痩せたいし、甘いものが好きだし、甘いものがやめられない自分のことが、もどかしいものなんだよな……。

結局、巨大なサイズの甘いカフェラテがおやつになってしまった。クレープやドーナッツに比べて、たいしたカロリーダウンにはなっていないだろう。

でも、これからもホイップをのせるかのせないか迷い続ける自分でいたいと思う。迷わなくなったら、元女子として、大切ないろんな気持ちを忘れてしまいそうな気がする。

……なんて、これ、ホイップをのせてしまった言い訳です。

とける愉しみ

夏、夫の実家の京都に帰ると必ず二回、かき氷を食べる。着いてすぐと、東京に戻る前日だ。

うち一回は、店が決まっている。近所の「なみ」という店だ。お好み焼き屋さんなのに、なぜかかき氷がとんでもなくおいしい。じつは隠れた名物なんですよ、と義妹が教えてくれた。

初めて食べたとき、口の中で粉雪のようにふわっと氷がとけた。今まで経験したことのない食感で、「これはどう考えても、氷が違う！」と夫に言ったら、「そらそうや。ここ、昔は氷屋さんやもん」。

やっぱりねと、合点がいった。素人にもはっきりとわかる純氷のクリアな清々しさ。なんというか、混じりけのないプロの氷の味なのである。さらに夫は得意げに説明した。

「おっちゃん、今でも氷はこだわってはって、昔の仕入れ先からもろうてるらしいで」。

「なみ」のかき氷を食べないと京都に帰った気がしないのだが、去年はそのおっちゃんが病気でお店は閉まっていた。

京都の愉しみが半減するのは悔しいので、ガイドブックを熟読して、かき氷の有名店をはしごした。結果、幸運なことに全部大正解だった。

黒蜜のかかったかき氷のなかにあんみつが入っているもの、本物のお濃茶を自分でかけて食べるもの、干し杏と杏シロップがトッピングされた、淡いオレンジのきれいなもの。どこもかき氷のレベルがすこぶる高い。氷の純度も高く、東京のその辺の店ではまねできないきめこまかさが特長だ。またしても、京都の底力を見せつけられるような思いである。

海外に行くと、アジアでもヨーロッパでも、毒々しいくらいに鮮やかなシロップがかかっている。

京都の正しい店のかき氷は、どれも淡い色合いで、赤とか緑とか一色で言い切れない。抹茶や黒蜜、きな粉、柚子も自然界から生まれた色で、微妙にいろんな色が混じり合っている。海外で食べるたびにむしろ京都のかき氷が恋しくなるとは皮肉なものだ。

食べたとたん口の中であとかたもなく消える。ざらりとした氷の欠片《かけら》や後味が残らない。どこまでも繊細でどこまでも上品だ。盛られたガラスの器もはかなげで美しい。

主役として語られることはないけれど、かき氷は日本の食文化の隠れた代表だ。夢か幻のように、一瞬にしてとけてなくなる刹那《せつな》の快楽。淡く美しいこんな食べ物がほかにあるだろうか。

今年こそ、「なみ」のおっちゃんが元気になっていますように。私の本当の夏は、あそこから始まるのだから。

今日も、まめまめしく

骨惜しみせずよく働くこと、まじめでよく努めていること、誠実なことを「まめまめしい」と言う。この言葉を借りれば、日本人はじつにまめまめしい民族である。なんだか語感がかわいらしくて、豆が好きな日本人らしくて（まったく語源は関係ないだろうが）、響きの良い言葉だなあと思う。

辞書をひくと、平安中期の『更級日記』にすでに登場している。

まめまめしきものはまさなかりなむ

この場合のまめまめしいとは、日常的、実用的であるという意味で使われている。お土産になにをさしあげようか、「実用的な物はきっとよくないだろう」という場面だ。

海外で、道を尋ねたあと、御礼を言って頭を下げるのは日本人だけだという。ロンドンオリンピックの際イギリス人が、日本人はそうするのですぐわかった、誠実で、大変気持ちのいいものだとブログに書いていた。頭を下げて礼をする所作が独特なので、印象に残るのだろう。

これをまめまめしい仕草、というのはちょっと違うのだろうか。

いろんな作業が早く、簡単に、効率よくこなせる時代になって久しい。指先ででサッとタップしながら、出先で仕事のメールが見られて、ずいぶん時間短縮になっている。

けれど、どんなに一生懸命タップしていても、あまりまめまめしく働いているように見えないのは何故だろう。

私には、まめまめしいという言葉の向こうに、身体を動かして汗をかいたり、頭を下げて御礼を告げたりするように、先人がずっと大切にしてきた所作や心の持ち方が感じられる。

身体を動かし、心を動かし、一生懸命尽くす。そんな〝生き方の姿勢〟が、この六文字には内包されている。

香川の西讃岐地方では、今も花嫁が「おいり」という色とりどりの丸いお菓子を婚礼のときに配るという。

「おいりのように心を丸く持って、まめまめしく働きますのでどうかよろしくお願いします」という意味がこもっている。

私はますますこの言葉が好きになった。と同時に、おいりというかわいらしくておめでたいお菓子が気になってしょうがないのである。それを食べたら、今日一日、まめまめしく働けそうな気がして。

五章 人生の庭

だいだい色のあの子

父の転勤が多かった私は、小学一年の冬から五年間松本で暮らした。隣にサトコちゃんという同い年の、ピアノが上手なかわいい女の子がいた。

馬が合い、通学はもちろん帰宅後も休日も、年がら年中一緒に遊んでいた。どちらかの家で〝ファッションショー〟と称して母の服をドレスのようにアレンジしたり、文房具の宝物交換をしたり。

彼女の白い指は細くて美しく、目がぱっちり。お母さんは自宅で習字を教えていた。ずっと前に、家族で東京から越してきたらしい。おしゃれなサトコちゃんは、今思うとデザインにものすごく興味があった。「世界中の色で何色がいちばん好き？」「くだものの形で何が好き？　くだものの色ならどれ？」と、独特の質問をよくされた。

ふたりのなかで完全一致していたのが、「だいだい色」だ。鮮やかなオレンジではない。くだものの橙《だいだい》の、明るくあたたかなあの色がとびきり好きだった。

学校へ向かう途中、いかにだいだい色が素敵か語り合う。電柱の広告や、通行人の洋服でそれに近い色を見つけると、「私達のだいだい色はもっと弱いよね」とか「あれはちょっと黄色が濃すぎない?」などとジャッジをする。子どもの足で片道二〇分余。よくもまあ、そんな地味な話をし続けられたものだ。足かけ五年も。

五年生の終わりに、私は越した。

車を最後まで追いかけて手を降り続けた彼女の、今にも泣きそうな顔が忘れられない。記念にと、だいだい色のグラデーションが入ったさくらんぼのキーホルダーをもらった。さくらんぼは、私達がいちばん好きなくだものの女王である。

だから松本と聞くとサトコちゃん、だいだい色、さくらんぼの順に思い出す。

おもしろいもので、今も私にとってだいだい色は特別の存在だ。洋服もそれを着るとなんとなく落ち着くし、靴やアイシャドウでも気づいたら近い色を選んでいる。

あの頃理由もなくふたりして惚れ込んでいたものが、人形やおもちゃではなくて色であったことを興味深く思う。おかげでいつでも不意に再会するたびほっと落ち着くのは、きっと懐かしい成分も含まれているからなんだろう。

最後のギフト

私は、アクセサリーケースにしまってあるネックレスがたいてい絡まっていて、出掛けに格闘するがほどけず、いつも「あーあ、なんで時間があるときに、ほどいておけないんだろう。なんて自分はだめなんだろう」と思いながら、家を飛び出す。そう綴ったエッセイを読んだ仕事仲間の男性が、あるとき言った。

「大平さんだけじゃないですよ。女性のネックレスは、たいてい絡まるものです」

意味深ですねと、冗談めかして聞き返すと、彼はどこかしみじみした表情で語りだした。

危篤の母に何日もついていたとき、やることがなくて手持ち無沙汰だったんです。本を読む気にもなれない。ましてや、にぎやかなテレビも。ああそうだ、と母のネックレスが入った箱を取り出しました。自分の体調を知っていた母から、私になにかあったらこれはあの方に、こっちはあの方に差し上げてねと言われていたので。蓋を開けると、見事にネックレスが絡まっていて。僕はほどきにかかったんです。知恵の輪みたいに無心で、夢中になった。これはあのときにつけてたなーとか、父の赴任先のあの国で買ってたなとか、けっこう思い出しながら。三日くらいかかったかな。母はもう意識はありませんでしたが、あれは僕にとっていい時間でした。

それまでも、たまに彼の母親の話を聞いていた。とても几帳面でまめな人だったらしい。私はエレガントで気品のある女性を想像し、自分とは月とスッポンだなとのんきに思っていた。

だから驚いた。そんな出来た人でも、ネックレスは絡まるのか——。

同時に、何もしてあげられることがない。する気持ちにもなれない。なすすべもないまま、眠り続ける母親に、ただ寄り添うしかできなかった息子の長い時間が、胸に迫った。ほどきながら心のなかで、母親とどれほどたくさん会話を重ねたことだろう。

絡まったネックレスはきっと、息子への最後のギフトだ。無心に鎖をほどきながら、迫りつつある悲しみや苦しみから、ひととき解き放ってあげようという母からの。

私は、いくつになってもネックレス一本きれいにしまえない粗忽《そこつ》さをコンプレックスに思っていたが、少しだけ楽になった。だれでも絡まるものなのだ。しかたないよな。

出掛けの絡まったネックレスを見ると、ときどきわずかなせつなさが心をかすめる。自分の息子が一心に、私の雑なアクセサリーケースを整理している姿を思い浮かべて、ひとりで寂しくなってしまうのだ。

「グースカ」。四文字の安らぎ

　ある日本人研究者の書物を読んで、どうしても内容について聞きたいことができ、連絡を取りたくなった。

　面識はない。おまけに彼女はアメリカ在住。どうしたらいいだろうと考えあぐねた。突然のメールは迷惑だろうし、いぶかしがるだろう。ファンレターとも違う。見ず知らずの他人が、あなたの研究のここの部分について教えて下さいだなんて、図々しすぎる。

　出版社に問い合わせる方法もあるが、そこまでおおごとにしたくなく、試しにフェイスブックを探してみると、すぐ見つかった。よし、これでコンタクトを取れる。

　しかし、いきなりアプローチしてお願い事をする勇気がなかなか出ない。

　まず、友達承認をリクエストしてみた。

　翌日、すぐに承認された。

　一週間ほどして、思いきってダイレクトメールを送った。自己紹介と、著作について伺いたいことがあるが、長文になる。可能ならオンラインで質問もしたいと正直に書いた。

あちらの時間で二二時頃だった。

すぐに丁寧な返事が来た。自分にできることがあるなら協力しましょうという。素直に嬉しかった。

その最初の返信に、こんな一文があった。

『メールはいつでもかまいませんが、私はふだんは二一時過ぎにはグースカ寝てしまうので、お返事は翌日以降になってしまいます。ごめんなさい』

ビジネスライクな言葉のやり取りの中で、ひときわ印象的な「グースカ」。

私が勇気を振り絞り、ドキドキしながらおそるおそるメールを出した気持ちを汲み、緊張を和らげるためにあえてこの言葉を使った気遣いが伝わってきた。

誰にも、メール返信のペースには、習慣や癖がある。最初にはっきり伝えるにこしたことはないが、なかなか言いづらいことでもある。

それを彼女は、砕けた言葉で相手に不快がないように、けれどはっきり綴った。

グースカのたった四文字から、思いやりと、人付き合いにおいて自分が大事にしていることはきちんと伝え、けっして無理しない人なのだという両方がわかった。そうだ、私も彼女の前で無理をしないでおこう。なんでも素直に聞いてみようと腹が決まった。

それからゆるやかにメールとＺｏｏｍでお付き合いが始まり、もうすぐ一年になる。大雪が降った日の写真が届いたり、私は見たばかりの芝居の感想や近所の桜の写真を送ったり。いつしか研究に関係ないことも綴りあうようになった。

お互い、返信が三週間後のこともある。

今のところ私の友達で、返信が三週間後でも気にしあわないのは彼女だけだ。そういうペースの付き合いがあっていい。

長いメールを書いて返信がなくても、彼女ならそのうちくるさと呑気に思える。きっと今頃グースカ寝ちゃっているのだわと。

彼女も、私の返信が三週間後でも気にしない。「日々の箸休めみたいに、思ったことを思ったときに綴りましょう。返信はできるときにできる範囲で」と綴ったのがきっかけで、どちらからともなくメールのタイトルが「箸休め」になった。

「箸休め１」「箸休め２」……。箸休めだから、すぐ返信しなくてもいいですよ、という気楽さがこめられている。

オンとオフ。メールにはＴＰＯがあり、私など仕事相手にも砕けたことを書いてしまいがちで、ときに距離感を間違えることもある。けれども彼女との関係性を振り返るとき、最初の「グースカ」の四文字は、大切な鍵になっている。肩の力を抜いて、ざっくばらんにやっていきましょうという意思表示と解釈し、心がぐっと軽くなった日のことは今も忘れられない。

他国の研究者にいきなりお願い事をしようとしていた私は、この四文字で緊張から解放されたのだ。砕けた表現が、心をとかすこともある。

ごくたまに、見ず知らずの人から著作を介してお願い事や相談事をされることが私にもある。相手は、あのときの私のようにたくさんの心苦しさや遠慮をかかえ、悩んだ末に勇気を振り絞っているかもしれない。

趣旨に賛同した事柄には、彼女のように気負いのない情を持って応えたいものだと思った。

会えなくても、離れていても人はゆるやかにつながりあえる。ほんの小さな思いやりは、電子の文字にもちゃんと宿って相手に伝わる。そう教えてくれたグースカの彼女とは、いつか日本で焼き鳥を食べましょうと約束している。

手の差し伸べ方が粋な人

数年前、深夜まで机に向かう日々が三カ月ほど続いて迎えた朝のこと。鏡を見たら、ぽっかりと一〇〇円玉大の脱毛を見つけた。よくここまで気づかなかったものだと驚くほどの大きさで、調べると三箇所もあった。

ショックとともに、自分の身体が哀れに思えた。こんなになるまで身体の持ち主に気づいてもらえぬとは。締切も大事だ。でも健康より大事なものがあろうか。ひとえに自分のスケジュール管理のできなさからくるものなのでよけいに情けなく思った。何度か書いてきたことだが、この世の中、がんばるよりがんばらないことのほうがずっと難しい。

歳を重ねると、自分をいたわってやれるのは自分しかいないというあたりまえのことに気づく。

毛が生え揃うのに一年以上かかった。その間、困ったのがインタビュー取材である。隠せない大きさで相手に気を使わせるし、かといって取材中帽子をかぶっているのも失礼だ。

考えた結果、やはりニット帽をかぶり、取材の前に事情を話してお許しいただくということにした。

ところがそう決めた初日。

私よりはるかに多忙なコラムニスト宅の取材で、時間内に終わらせねばといつにも増して緊張をしていた。部屋には私と彼女ひとり。最初に撮影をして、インタビューに入った。その中盤、はっと気づいたのである。ニット帽の失礼を最初にことわり忘れていた。

「今頃申し訳ありません。室内なのに帽子をかぶったままで。じつは私、円形脱毛症をやりまして、失礼ながらこのままお話を聞かせてください」

彼女はニコっと笑って、立ち上がった。

そして、「私もしょっちゅう。だからこれ必需品」と、地肌につけるヘアファンデーションのボトルを持ってきて見せてくれたのである。

その三日くらい前に私がようやく探し当てておそるおそるネットで買った商品と同じで、私のそれより大きく、そして使い込まれていた。

「こんなサイズがあるんですね」

「年中どこかしら抜けてるから小さいのじゃ足りないのよね」

その後、私はどの取材先でもみなにあたたかく、「大丈夫ですよ、気にしないで」と言われたり、「大変でしたね」といたわりの言葉をもらったりした。

ただ、彼女のさりげない行動がとりわけ心にしみて忘れられない。「大丈夫ですよ」の一言でもいいのに、わざわざボトルを取りに行って見せてくれた。あの頃、私はまだショックのなかにいて、ずいぶん心細い顔をしていたと思う。治るのか。治るならどれくらいの時間がかかるのか。生えても、元通りの毛量にはならないのではないか……。

「自分も同じように悩んであのボトルを探して買い求め、なんとかやっているよ。よくあることだから心配しないで」と言われた気がして、以来あまり気に病まなくなった。よく寝て、タンパク質が豊富なものをよく食べればいつか生えるさ。悩んでいるのは自分だけじゃない、と。

逆の立場で初対面の人間に、彼女のように振る舞えるか自信がないが、そうありたいと願っている。困っている人に手を差し伸べる、というほどおおげさなことではないが、さりげない気遣いに私は確かにあのとき大きく救われた。

この恩はいつか別の誰かに送りたい。

週刊誌で彼女のぴりっと毒の効いたコラムを読むたび、こまやかな気遣いができるからこそ世の中の小さな違和感や矛盾にも気づくのだなと勝手に推測している。きっと外れていないと思う。

テーブルに残る余韻のグラス

いつも行くジャズバーで、バーテンダーが言った。

「いつも最後のお客様が帰ったあと、しばらくグラスを片付けないんです。余韻を感じたいから。グラスがあると、その人がまだいるみたいで、なんだかあったかいでしょう」

ちょっとわかる話だなと思った。

私は父の仕事で小学校を三回も変わっているからか、別れ際に弱い。いまだに、友達とごはんを食べたあとどう別れていいかわからず、ひどく淡々と「じゃあねー」と振り返りもせず駅に向かってしまう。「気をつけて帰ってね」とか「元気でね」とか、気の利いた優しい言葉をかけられない。どこかで、もう会えなくなるんじゃないかという意識がなんとなく働いてしまい、なあにまたすぐ会えるさと自分に言い聞かせたくて、わざとそっけなくなってしまうのだ。

最近、同じく転校が多かったという女性に会い、自分だけではないと胸をなでおろした。

彼女は言う。

「私も同じで、別れ際が苦手。あまりにそっけなくするんで、友達に冷たいってよく言われます」

バーテンダーの話から、古いクッキー缶のことも思い出した。

最近、引っ越しで荷物を大々的に整理し、久しぶりにその蓋を開けた。リボンがギュウギュウに詰まっている。あらら、この数年一度も使ってなかったわと苦笑。

家が狭いので、箱や包装紙はとっておけないが、包んでいたリボンぐらいは収納できる。だからいつも、使うあてもないのに性懲りもなくクッキー缶へ。どんどん溜まるいっぽうだ。

何の変哲もないリボンを見るだけでも、だれから、どんな贈り物をされたか、だいたい思い出せる。

私は、「きれいだから」や「なにかに使えるかもしれないから」ではなく、もらって嬉しかった気持ちや、贈り主の心の痕跡を残しておきたくて、そうしていたのだ。余韻のグラスの話が、それを気づかせてくれた。

きっと、私やバーテンダーの彼のような人には、所有物を最小化するミニマムな暮らし方は向かない。余韻、気配、痕跡を愛する気持ちが、冷静な整理心を鈍らせるに決まっている。

空のグラスやほどいたリボンは、寂しさの裏返しだろうか。いや、結局人が好きなんだよな……。

自分にいいように解釈しながら、ぐるぐる酔いの回った頭で堂々巡り。おもむろに、お会計を求め、「じゃあねー」とさっくり帰った。私のグラスは、あのあとしばらくテーブルをあたためたろうか——。

無表情な自分を、自分がいちばん知らない

中学の頃、友達が「大平って、なにかに熱中してるとき、口がとんがるよね」とおかしそうに言った。全くそんな癖に気づいていなかった私は、「ええ?」と聞き返した。すると周囲の友達が口々に言った。

「あーたしかに。尖ってる!」「口をタコみたいにすぼめてるよ」

それから意識をしていると、たしかにそのとおりだった。テストを受けているときや、針に糸を通そうとしているときなど、気づくと唇がタコのように前に突き出している。「ス」と発音するときの口の形だ。

恥ずかしく思いながらしばらく家族を観察していると、父が日曜大工をしているとき、思いきり口元がタコになっていて笑ってしまった。これは直らないや、だって血筋なんだものと。

今も癖は直っていない。締切ぎりぎりまで原稿と格闘しているときや、よく切れるピー

ラーで里芋の皮をむくときなど、無意識のうちについそうなっている。

はっとして唇を引っ込める刹那、中学のあの子が教えてくれた日を思い出すことがある。私の知らない私を教えてもらった日。自分の顔は、自分がいちばん知らないものなのだ。

この癖は特殊だが、自分の無表情や、気が抜けて生気がない顔というのもじつは知らない人が多いのではないか。人はたいてい鏡に向かうとき、自分のいちばんいい顔をする。メイクをするときは、出来栄えを確かめるべく目を大きく見開いたり、顎を引いて背筋を伸ばしたり。

他人は、それ以外の顔をたくさん見ているのだ。

性格も、同じだ。わかっているようで自分のことがいちばんわからない。繊細なつもりでいるのに、ついデリカシーのない言葉を放ってしまい悔いたり、アバウトで大雑把なつもりが、小さなことでいつまでもくよくよしたり。

その分、他人のことはよく見える。距離があるから、冷静に俯瞰できるのだろうか。すべてはわかりえないが、だいたいこういう人柄だろうという見当は当たる。

歳を重ねたら、自分を理解できると思っていたら大間違いで、経験を積めば積むほど人はどんどん複雑になる。やれやれ。

けれどもそんな自分とこれから先も付き合っていかねばならないのだから、悲観してもしょうがない。

最近はこんなふうに考えるようにしている。無防備で目には輝きがなく、よれよれに疲れて、無表情な私をたくさん知っている友人や家族が、それでも自分に付き合ってくれるのだから、ありがたいじゃないか。

自分がいちばんわからないと悟れば悟るほど、他人に感謝が増すのは悪くない。

もしも対人関係でイライラすることがあったら、いっぺん鏡に向かって思いきり無防備な顔をしてみるといい。あらら、こんな私に付き合ってくれていたんだと思ったら、きっとありがたさでいっぱいになるはず。

餅のないお汁粉

私の名字は、「おおだいら」と読む。友達に冗談混じりにこう呼ばれることがある。

「スーパーせっかちだいら」。

あるいは「見切り発車部隊」とも呼ばれる。

自分のことながら、言い得て妙と笑ってしまう。それくらい、なにごとも待てない。

高校時代、弓道部に属していたが、弓を引ききった状態でためを作り、精神を集中するほど的中率が上がるのに、待てずに矢を射てしまう。早く結果が知りたくてしょうがないのだ。顧問の教師や先輩からも、散々注意されるのだが最後まで直らず、卒部コンパでは同級生に謎掛けで遊ばれてしまった。

「大平さんの弓とかけて、あんこだけのお汁粉ととく」

「その心は」

「もちがない」

全員爆笑。〝もち〟とは、弓をひいたまま的を定めてためる「間（ま）」のことをいう。だから、同じ学年で唯一、卒部まで皆中（四本全矢が的中すること）がなかった。歴代の先輩にも、そんなだめな部員はいない。

そうだよなあ、私はもちがないし、待てないんだよなあと笑ってしまった。あのとき、もっと恥ずかしく受け止め反省していたら、人生は変わっていたのかもしれない。

人間関係についても同じだ。

何か少しでもこじれると、今すぐどうにかしたくなる。怒らせたら謝りたいし、相手が弱っていたらすぐ話を聞きに行きたい。誤解があれば一分でも早く解きたいし、いい人と思われていたい。

しかし、近頃それはどうも違うと思い始めている。

なにごとも、待つほうが案外うまくいくのではないか。

前著に、三〇代半ばの子育てが忙しい頃に疎遠になった中学時代の友達と、二〇年余を経てゆっくり付き合いが始まった話を書いた。なにがあったわけでもないが、連絡を取り合わなくなった。そのうちときが満ちたら友情は復活するかもしれないし、仮にそうならなくてもしょうがないと腹をくくった。それがよかったようだ。

「わかります」「私もつい焦って人間関係を繕おうと思いがちですが、年齢を重ねるとそうしないほうがむしろいいこともありますよね」と共感のコメントをいくつか頂いた。人間関係において、せっかちになりやすいのは私だけではないんだなと少しほっとした。

歳を重ねるほどに、人はそうかんたんに変わらない、頑固なものだとわかってくる。自分のことに精一杯で、ほかに気が回らないときは誰にもある。なにかあって離れたとしても、むやみに追いかけたり悪あがきしないほうがいいと実感している。そういうときほど空回りをするものだからだ。

ときに身を任せ、「あのときはこうだったんだ」と相手が素直に言い出してくれるまで待つ。何十年かかったとしても、相手の真意がわかるまでは動かない方がいい。

スーパーせっかちで、餅のないお汁粉みたいな私だが、人付き合いだけは「のんびり待つ」スタンスでいたいと思う。それで終わったらそこまでのお付き合いなのだと諦めよう。長所も短所もある人間同士。許し合いながら、待ちながら。焦らず生きてゆきたいのである。

仏像を彫る

『お打ち合わせは、対面かオンライン、どちらがご都合よろしいですか』と、メールで聞かれるようになって久しい。とくに初対面で仕事をする場合や、新しい企画の始まりの際に、編集者からそう尋ねられる。

進行の効率や感染対策に対する考え方はみな違うので、まずはこちらの考え方を尊重しようという気遣いからの打診である。

最近はその前後に、さりげなく「できましたら対面を希望しますが」と添えられていることが増えた。

コロナ禍に見舞われた直後はオンラインだったが、しばらくすると画面上ではこまかなニュアンスが伝わりきらず、アイデアを出し合うようなしょっぱなの打ち合わせには物足りないと気づき、私はできるだけ対面をお願いするようになった。編集者の多くも、同じ心もちのようだ。

過日、新刊について隅田川沿いのカフェで打ち合わせをした。編集者と装丁家と私の三人で、気づいたら三時間近い。

後半、アイデアに詰まり全員無言になった。

「うーん」。窓ごしに川面を眺める。オンラインと違って、視界が広く遠近感がある。視線がいい意味であちこちに飛び、思考に隙間ができる。

私はあらためて今回の本への想いを話した。何を伝えたいか。どうしてそう思うのか。するると、装丁家の目がパッと輝いた。

「そうか。それを言いたかったんですね。うんうん、わかったぞ。今、全部がすとんと腑《ふ》に落ちました」

編集者は、にこにこと私と装丁家を見守る。

かくしてコンセプトがガチッと固まり、三人がわずかなブレもなく、志を共有できたのを感じた。

冷めてしまった紅茶をすすりながら、私はしみじみつぶやいた。

「やっぱり、顔を見て話すって大事ですよね」

ふたりはうんうんとうなずく。装丁家が言った。

「僕の仕事は、極端に言うと会わなくてもできます。メールのやり取りだけで一冊デザインできちゃう。でも、会って打ち合わせして作ったものと、会わないで作ったものでは絶対デザインが変わると思うんです」

心の深いところの想いを受け止めて仕事をするのと、そこまで聞くタイミングがないまま進めるのとではどうしても結果が違ってしまうというわけだ。さらに彼は続ける。

「仏像は彫ろうと思えば誰でも彫れるけれど、魂を込めて彫らなければただの人形になってしまうのと同じです」

そう、ひどい言い方をすると、私の仕事は魂を込めなくても紙幅は埋められる。なんとなく耳あたりのいい言葉を並べても体裁は整う。でも、一行でも読んだ人には、必ずわかってしまう。既視感のあるフレーズ、どっかで聞いたような話、予定調和のまとめ方。手抜きかどうか。人形か仏像か。

とりわけ手軽に更新、上書きできるウェブの原稿は、じつは大変に自分の書く姿勢が問われる仕事だ。つまらなければ指先ひとつで画面を飛ばされてしまうし、手を抜いたものは瞬時に伝わるからだ。

気軽に読めるメディアだからこそ、おびただしい情報の中から選び取って、拙文に時間を投じてくれた読者に責任を持たなければならない。読んで良かったなと思ってもらえるギフトを心に届けなければ。魂を込めて書かなければ。

暮らしについてのテーマは、誰でも気軽に書ける分、誰も気づいていない視点や価値観、言葉にできない感情のすくいとりかたが、分かれ目になる。これで届くか、理解してもらえるか、誰かひとりでも役に立ってくれるだろうか。

自問自答しながら、仏師のような気持ちで今日も書いている。

友の数の「足るを知る」

一〇年ほど前、取材で聞いたある女優さんの言葉が忘れられずにいる。

「携帯電話の電話帳を最近整理したんです。本当に電話をかけるような間柄の友達だけを登録しようと思っていたら、最後五人になっちゃった」

ずいぶん思いきったことをするなと印象に残った。その後まもなく、離婚をされたので、自分を見つめ直したり、いろんな荷物をおろそうとしたりというときだったのかもしれない。

その頃私の携帯アプリのＬＩＮＥは、仕事仲間のほかにふたりの子ども関連のママ友のリストで膨れ上がっていた。保育園から大学まで、それぞれに知り合いがいる。習い事、塾、部活、地域。クリスマスや忘年会シーズン、出会ったり別れたりのイベントが催される三、四月は誘いが重なり、少々くたびれかけていた。これは私だけでなく、どの親も一緒だろう。きょうだいが多ければなおのことだ。

だからか、前述の女優さんの言葉にとりわけ胸を摑《つか》まれたのである。彼女は、穏やかな笑顔で付け加えた。

「本当の友達って、五人いれば十分幸せだなって気づきました。いえ、五人でさえ、多いかもしれません」。

子どもも成人し、かつてのようにＬＩＮＥが賑やかな時期は過ぎたが、今度は子育てが一区切りついた人たちや、同窓会をきっかけにした旧友との交流が増えた。時間にゆとりのある年齢になったのだろう。

懐かしい再会は嬉しいし、会うのは楽しい。だが、時折、「友達は五人で幸せ」という彼女の言葉の導きを私は思い出すのだ――。

子どものケアがなくなった分、やりたかったテーマの仕事を増やしたら、つい夜中まで机にかじりつくような生活になってしまった。

人生の残り時間を意識する年齢になった。いろんな人とたくさん話して、笑って、おいしいものを囲みたいけれど、バタバタな日々からひねり出した晩餐《ばんさん》の数は限られている。たいして友達は多くないけれど、大きな集まりが続くと、もう少し少人数でゆっくり深く話したいなあと思うことが増えた。そんなとき、初期癌を経験した友人が言った。

「楽しいことは大好きだけど、今は、プライベートな食事の会はなるべく四人まで。理想はふたり、もしくは三人と思っています。全員で話せるのって三人までで、四人でも二対二に分かれての会話になってしまうから」

病気になる前のこと。五〇歳を目前にしたある日、時間の尊さにはたと気づいたとのことだった。彼女は四七歳で「五〇までにしておきたい一〇のリスト」を作り、留学など、実際にすでにいくつも叶えていた。「歯医者さんに行く」というかわいい項目もあった。

そういう人だからこそ、病気を経て会食の人数にも気をとめるようになったのだろう。

彼女の話は、自分の人付き合いのあり方を見つめ直すきっかけになった。友達はそんなに多くなくていいのだと。

人生にはいろんなステージがある。たくさん友達を作り、団結したり、助け合ったり、わいわいする時間に満たされる時代、少人数でまったりが心地よい時代、再びわいわいが欲しいときだって来るかもしれない。

私は誰とでも仲良く、楽しい時間を過ごすのがいいことだと、どこかで思いこんでいた。誘われれば気持ちよく受け、「あの人といると楽しい」と思われたい。「また会いたい」と思われる人間でありたい。

ひょっとしたらそれは、ＳＮＳでたくさん「いいね」をもらう心境と似ているかもしれない。たくさんの人に、その場限りの「いいね」をもらう。それはとても嬉しいこと。しかし、デジタル上ではなく、現実の人間関係では、だれからも心の底からいい人だと思われることは不可能だ。物理的に、全員と深い関係を結ぶことはできないのだから。多くの場合、「楽しい人」「いい人」という評価は三時間過ごした結果の感想でしかない。

だとしたら、それほどがんばらなくてもいいのではないか。朗らかに「また今度ね」と、次の機が熟すのを待っても。

友達はがんばって付き合うものでも、たくさんいればいいものでもない。欲張らず、本当にわかりあえる、心の支えになる友達が何人か。それだけでけっこう幸せに生きてゆけそうだと、今ならわかる。

絆がもたらす幸福は数ではなく、重みや深まりによって示される。だから友達は、「少ないのも」悪くない。

母とお茶うけ

生まれ育った長野はお茶うけ天国だ。野菜や果物を煮たり漬けたり、あらゆる方法で保存食にして、お茶の引き立て役にする。古くは一〇時と一五時、農作業や森林作業の合間に野外で塩分や栄養補給をするために必要だったのが広く習慣化された、という郷土史の一節を読んだことがある。海がなく、山の多い痩せた土地で過酷な労働を続けてきた先人にとってお茶うけは、茶の湯の発展とともに広まった茶菓子とは違い、日々に不可欠な補助食だった。

採れすぎた杏やかりんを上手に甘く漬けて、一年楽しむ。たくあんや野沢菜は自家製があるのに、寄り合いでは皆が持ち寄る。そこで隣の味や知恵を交換する。私が幼い頃はすでに誰もが漬けるというわけではなかったが、母は今でも小さな樽や瓶に一〇種以上は何かしらお茶うけ用の保存食を作っている。

小梅のカリカリ漬け、杏の甘酢漬け、唐辛子味噌、桜の葉の塩漬け、ゴーヤと糸昆布の佃煮、花豆煮……。同じ甘味でも、甘ずっぱいもの、甘じょっぱいものいろいろある。

ところが私は、長い間お茶うけが苦手だった。おやつはお菓子と相場が決まっている、大人はなんであんなおかずみたいなものをおいしそうにお茶のあてにできるんだろう、と不思議だった。子どもの多くはそうだったに違いない。

私も妹もろくに食べないのに、母は懲りずに毎年あれこれ作っていた。客が来ると小皿に何種も並べる。そして、はたから来客を見ても「あれは遠慮ではなく、本気のノーだ」とわかるのに、じゃんじゃんお茶を注《つ》ぐ。それが彼《か》の地のもてなしの流儀だった。漬け込むときに何を加えるとなすが変色しないか、たくあんは酸っぱくならないか、近所の年配の主婦にコツや隠し味を聞いてはメモをしていた。

だから冷蔵庫にはいつも、鉛筆書きのメモがぺたぺた貼られていた。

誰々さんのたくあんは天下一品なんだよ、と自家製があるのに、おすそ分けを大事そうに父に切りわけていた。

あの頃の母の年齢をとうに超してぼちぼちわかってきたことがある。きっとお茶うけは母にとって大事なコミュニケーションツールだったのだ。

公務員の父の仕事の関係で長野県内を三、四年単位で越して歩いた。新しい街、見知らぬ官舎の人の輪に飛び込むと、母はしょっちゅうご近所さんをお茶に招いていた。差し入れの漬物を「ああおいしい。どうやって作るの?」と教えを請う。縦に長い長野県は北信・中信・南信で方言も違えば、気候に合わせて特産物、食文化も変わる。たとえば同じおやきでも、地方によってふわふわ、硬め、山間《やまあい》で小麦が採れない木曽地方などは蕎麦粉で作るように。

マイホームを持つまで母は、どこの官舎でもたいてい年下だったので、その地方のお茶うけを教えてもらうのは貴重な人付き合いのとっかかりであり、コミュニティに溶け込む術《すべ》のひとつだったのだろう。

子ども心にも、冷蔵庫のメモの数だけ、母に友達ができたんだなとわかる。知らない土地で子育てをする不安を、お茶うけがどれだけ消し去ってくれたことか。あれは母にとって、かつての農作業をする人々と同じように必要不可欠な時間だったのだ。

コロナ禍は一度しか会えなかった。ビデオ通話で話せるので寂しくはないが、ごぼうの麹漬けや甘酢大根の柚子巻きを味わえないのは、無性に寂しい。ときどき保存容器に入れて送ってくれるが、それじゃだめなのだ。厚手の湯飲みに何杯も「もういいから」と言うまでおかわりを注ぎ続けるあの無骨な手。ジャジャッと空《から》の音を立てた魔法瓶に「あれま」と肩をすくめ、「よっこらしょ」とまた湯を沸かしに腰を上げる母が卓のむこうにいないと。注いだり注がれたりしながら、まったりと流れるお茶うけの時間に宿っていたものが、ことさら恋しい。我慢の三年間であった。

片尻の夏

険しい山路の左右は青葉が輝き、夏の顔をしていた。

本当に着くのだろうか。その先に絵はがきのような仙境が待っているとわかっているのに、カーブを曲がるたび不安になる。父が運転する親戚のお下がりの軽自動車は、上高地の山中ではマッチ箱のようで心もとなく、五センチでも運転を誤ると、谷に転がり落ちそうで、脂汗が滲んだ。

公務員の父は、春と夏、上高地に単身赴任をしていた。小学校二年から何度か、夏休みは私だけそこで過ごした。幼い妹と母は、松本の町なかの官舎に残る。日中は父の宿泊所で宿題をしたり、アルバイトの大学生たちに遊んでもらったりした。

当時はまだ、自然保護のためのマイカー規制がなかった。

助手席から左の窓を見下ろすと、雑木が生い茂った深い谷、右を見ると山肌の枝が車に入り込んできそうである。道が狭く、勾配が急で、とりわけ眼下に崖の見える往路は生きた心地がしない。自分が体重を左にかけたら谷に落ちると思い、ずっと山側の右尻に体重をかけていた。

お父さんは毎週月曜に、こんな坂道を登っているのか。六日間働き——当時は週休一日だ——土曜はへとへとになりながら下る。雨の日は滑らないか。帰り道、ちゃんと体重を山側にかけているだろうか。車の振動とともに、心配が脳みそから飛び出そうになる。

夏でもきんと空気が冷えていて、スケッチブックを抱えた美大のお兄さんたちが遊んでくれる上高地は好きだが、父は一日も早くここで働かなくてもすみますようにと祈った。つまりそれは転勤を意味する。山道の勾配の恐怖は、転校の憂鬱に勝った。

しかし、家族のために働いている父にそんなことを言ってはいけないと、子どもなりにもわかっていて、なんとか平気な顔を装う。

「着いたぞ」。言われたとたん全身の力が抜け、脂汗は引き、その代わりに翌日まで、身体の変なところに筋肉痛が残った。

二度目の夏だったか、ギターを見つけてひどく驚いた。私の知らない父ひとりの世界。殺風景な部屋に、それと教本がぽつんと置かれていた。

母は、帰りを待ちわびているくせに、いざ土曜の晩になると、私と妹が寝たあとなぜか父に同じ文句ばかりふっかけていた。恨みがましい声が、狭い官舎のふすまごしに聞こえてくる。「ありがとうくらい言えんもんなの」。父はいつも黙っている。

私はイライラした。お母さんは単純なんだから、嘘でもひとこと「留守の間、子どもたちの面倒をありがとう」とか言いさえすれば、この場が収まるのに。お母さんもお母さんだ。なんでせっかくの団らんを壊すようなことを言い出すんだろう。ふたりとも二晩しかないのだから、もっと仲良くすればいいのに。

いつしか私は眠りにつき、日曜の朝になると、両親はけろっとした顔で食卓につくのだった。

私は二九で結婚した。夫は映画業界で働いている。ふたり暮らしのときは彼の地方ロケをなんとも思わなかったが、子どもが生まれてからは堪えた。新米母のワンオペは想像以上にきつい。そして、初めて気づいた。

あれは母にとって、初めての夫の単身赴任。越してきたばかりの慣れぬ地で、住まいは社宅状態。どれほど気を使い、二児のワンオペはどれほど不安だったことだろう。転校で緊張している私や妹に、弱いところは見せられない。きっと、「大変だったね」「留守を守ってくれてありがとう」が欲しかったんじゃない。自分をさらけ出せる唯一の相手に、なにもかもぶつけて、甘えたかったのだ。

父は口下手で不器用だからしょうがないと思っていたが、それだけではないと知ったのは、最近のことである。

私の息子が就職してまもなく、海外赴任することになり、出国前、祖父母に会いに行った。そのときおじいちゃんにこう言われたんだよと、あとから教えてくれた。

「異国は大変だろうが、仕事は、楽な道と大変な道があったら、大変な方を選ぶといい。揉まれたり苦労のない仕事ほど、きついものはないから」

そして上高地の話をしたという。

赴任の命をうけたとき、最初は喜んだ。好きな美しい山々に囲まれ、仕事も町場に比べてゆっくりしている。同僚にも羨ましがられた。しかし、「次はどんな地でもいいので、仕事が大変な部署に回してください」と勤務希望書を出したらしい。

そんな嘆願はあまり例がない。以降、様々な赴任地でがむしゃらに働き、最後は署長になった。

のんびりギターを弾いて、家に戻ったら妻の愚痴を聞き流し、月曜が来たら車で山に向かう。淡々と働いているように見えたが、父には父の小さな戦いがあった。上高地は、なんらかの分岐点だった。

家族だから言わないことはたくさんある。私も、何十分も左のお尻だけ上げ続けた山道のことを話していない。

松本を離れた小学五年の冬以来、上高地は二〇代に一度行ったきりだ。マイカー規制のため、きれいに整備された道を観光バスで登った。尻はどこも痛くなかった。

夏のあと、深呼吸ひとつ

一、

ベストセラーやヒット曲は苦手なのである。流行や消費に負けたような気持ちになるからという、ありがちな理由で。だから、詩人の長田弘作品も、最も有名な『深呼吸の必要』だけあえて手を付けていなかった。

八月。編集者からメールが届いた。

〈先週末に久しぶりに『深呼吸の必要』を手に取って読んでみたら、今の自分自身に必要としている言葉（もしかしたら社会全体にとっても？）が、すべて書いてありました。夏の終わり、大平さんが書く『深呼吸の必要』の読書感想文が読んでみたいと思いました〉

それを読んで、ある感想文のことを思い出した。

長年気になっていたけれど、読む気持ちになれなかった感想文。三二年ぶりに奇跡のようなめぐり合わせで私の手元に戻った一冊の読書ノートである。

二、

一六歳の私は、五月から翌一月一〇日まで三四冊の読書感想を綴った。一冊につき一ページ、ときに三ページのときもある。クラスでひとりだけ、自主的に担任の先生に提出していた。

先生は丁寧に一冊ずつ赤字のコメントを入れ、返してくれた。

新卒で赴任、爽やかな風貌が校内で人気だった彼はしかし、若さゆえのまっすぐ情熱的な口調や姿勢が、ひねくれた思春期には煙たく感じられ、クラスで打ち解ける生徒が少なかった。三年間担任だったが、私も深く話したことは一度もない。

彼は毎日遅くまで教務室にいたから、忙しかったのだろう。七月半ばからコメントがなくなった。それでも私はノートを取りに行っては書き、先生の机に置いた。読んでもらうことより書きとめておきたい思いが強かった。ついでに読んでもらえたら、成績や内申書の足しになるかもという計算じみた動機もあった。

あるとき先生は申し訳無さそうに言った。

「ごめん。ノート失くしてしまった」

机はいつも書類の山であったことと、彼にとってあのノートはその程度のものだったんだなとわかったことの両方について、しょうがないと思った。今思えば、忙しいなか、一生徒の自己満足的な行為に付き合ってくれただけでもありがたいのだが、当時は彼に対する信頼を失くしただけで、ノートの存在をすぐに忘れた。

三、

きみはある日、突然おとなになったんじゃなかった。気がついてみたら、きみはもうおとなになっていた。なった、じゃなくて、なっていたんだ。ふしぎだ。そこには境い目がきっとあったはずなのに、子どもからおとなになるその境い目を、きみがいつ跳び越しちゃってたのか、きみはさっぱりおぼえていない。

『深呼吸の必要』（晶文社）より

四、

三年間これといった思い出もないまま、高校を卒業した。男女の仲も悪く、一度も同窓会が開かれなかった。

三二年後。学校をあげての大同窓会が催され、友達に誘われおずおずと参加してみると、八クラスのなかでいちばん出席率が高かった。みんな本当は会いたかったんだな、と心がゆるんだ。担任教師まで参加しているのは二クラスだけ。何校か校長を務めたのち定年を迎え、今は個人的に歴史研究をしているという白髪のあの先生がいた。

宴会後、クラス単位で集まった料理屋で、彼は静かに語った。

「あれからいくつもの学校に赴任し、たくさんの教え子を持ちました。きみたちは僕のはじめての生徒です。教師になりたてで僕もいっぱいいっぱいだった。その後経験を積むほど、きみたちにもっとこうしてあげればよかったああすればよかったと、思いが募った。この場を借りて言わせてください。教師として何もしてあげられず、あのときはごめんな」

元女子は泣き出し、何人かの元男子の目には涙がにじんでいた。

「活躍しているね。ときどき読ませてもらっているよ」

酌をしにいった私に、先生は言った。覚えていてくださったのかと驚いていると、さらに続けた。

「きみに返さなきゃいけないものがある。住所を教えて」

ひと月ほどして、読書ノートが届いた。卒業後、ノートが出てきたのだという。私の実家は何度も転居しているので住所がわからない。同窓会もなかった。返す当てもないのに、いつか渡そうと幾多の学校を経て、定年まで持ち歩いた先生の気持ちに胸がいっぱいになった。私こそごめんなさいと、謝りたくてたまらなかった。

それから五年。

私の強烈な読書体験は高校三年間にあり、文章を生業《なりわい》にという強い志は、あの期間に明確な輪郭を持った。

だからこそひどく恥ずかしく、じつはノートが届いてから今夏まで一度も繙《ひもと》けずにいた。届いた折にちらっと開いたら、一六歳の下手でいびつな鉛筆の字が並んでいて、どうにもいたたまれずパタンとすぐ閉じた。自意識の塊のようなあの頃の自分と対面する勇気がない。

けれども『深呼吸の必要』を読んで、ふと思った。あのノートには、子どもと大人の境い目が記されているのではないか。ただの本好きから、いつか本にまつわる仕事をという指針ができた、私の境い目が。

五、

「遠くへいってはいけないよ」。

子どもだった自分をおもいだすとき、きみがいつもまっさきにおもいだすのは、その言葉だ。子どものきみは「遠く」へゆくことをゆめみた子どもだった。だが、そのときのきみはまだ、「遠く」というのが、そこまでいったら、もうひきかえせないところなんだということを知らなかった。

「遠く」というのは、ゆくことができても、もどることのできないところだ。おとなのきみは、そのことを知っている。おとなのきみは、子どものきみにもう二どともどれないほど、遠くまできてしまったからだ。

『深呼吸の必要』より

六、

『深呼吸の必要』に、繰り返し書かれている。

きみはいつおとなになったんだろう。

いったいいつ、きみは子どもじゃなくなっていたんだろう。

ずいぶん遠くへ来てしまった。いつまで子どもだったか思い出せるはずなどないと思っていたが、この夏、そっと開いたノートの中の一六歳は、世の中のたくさんの「なぜ」について、赤面するほど真剣に考えていた。ときには三ページにも渡って鉛筆で延々自分に問いかけ、思考していた。

このときまで、私は子どもだったのだとわかった。

今、私はあまり「なぜ」と言わない。おおかたのことはネットでわかるし、もっと大きくて厄介で根源的なことについては、考えてもしょうがないと諦めることも多い。自分の頭でなぜそうなっているのか、考えなくなった。

しかし、かつて自分も『「なぜ」と元気にかんがえるかわりに、「そうなってるんだ」という退屈なこたえで、どんな疑問もあっさり打ち消して』（『深呼吸の必要』）しまわないひとりの子どもだったのだ。

ウイルスや戦争や子どもたちの独立や友の死。混沌とした季節が信じられない早さで過ぎてゆくなか、長田弘さんの書と一冊のノートとの出会いは、奇跡のような人生の巡りの旅をもたらしてくれた。

それは巡礼のような、不思議な邂逅であった。

あとがきにかえて――

この本を読んでくださったあなたへ

言い過ぎると安っぽくなるので、あまり使わないよう気をつけているのが「縁」という言葉だ。ところが、歳を重ねるほどに縁やめぐり合わせの妙に感じ入ることが増え、使わずにはいられなくなって困っている。

あとがきにかえて少し身内の話を。本書の編集担当者は、現在二四歳の娘の保育園時代の保護者だ。在園中はゆっくり話したことがない。卒園の一一年後、依頼があり、遠くから私の書くものを読んでいたことを知った。作品は、子育てのエッセイをまとめた『新米母は各駅停車でだんだん本物の母になっていく』（大和書房）になった。それから五年。本書は彼女との二作目である。二八年間、各誌紙に書いてきたものを段ボール箱に詰め、彼女のもとに送った。過去作を読みながら、保育園から星を数えながら小さな手を繋いで帰った夜道や、娘が急病で入院しているのに仕事を抜けられず、三日ぶりにシャワーを浴びながら号泣したことなどが次々思い出されたのは、彼女が担当だったことと無縁ではないだろう。

また、第四章はほぼ、二〇〇七年冬からアパレルブランドPAL'LAS PALACEの顧客向けシーズンブックに連載した作品である。先日、その冊子の手伝いが終了になるという連絡をもらった。大半を本書に収めると決まってまもなくのことだ。一六年前、連載を依頼してくれたデザイナーから、ねぎらいのメールが来た。じつは書籍として形に残すことになったと記すと、タイミングの妙にとても驚き、我がことのように喜んでくれた。

イラストは、かつて別の雑誌の連載でご一緒し、いつかまたと願っていた花松あゆみさん。装丁は、以前から私の作品を読んでくださっていたという高瀬はるかさん。こういう場で、綴るのは気が引けるが、長年続けてきたことの褒美のようなミラクルをどうしてもこの本を手に取ってくださったあなたに伝えたくなった。

音楽でも文学でも、SNSも手伝ってみずみずしい感性が次々生まれ、あっというまにメジャーになっていく。でも本書を作りながら、焦る気持ちが薄まっていった。魂を込めて長く続けてきたことだけは誰にも誇れる。こうした縁のつながりによって、あなたに届けられてもいる。仕事に限らず、子育てでも趣味でも生活でも、愚直に続けていたら、きっとなにかしらの縁が思いがけない褒美をもたらしてくれると、信じられるようになった。

［初出一覧］

サウナとバイオリン／内緒のフルーツサンド／どうやって趣味の時間を？／家事とは、無限に知恵を試される作業だ／猫ロボと張り合う午後／おかんの空き瓶蒐集の謎／捨ててもやめてもいない／餃子の不思議／愛してやまないあれ／ストレスと神様／君だったのか／あのときの空もきっと／朝七時のいなり寿司／思い出はガイドブックからこぼれたところに／二月のピンク／我が家の漏水事件、一カ月後の顛末／旅の「ぼーっ」／ほのかとたっぷり／年賀状とハノイの旅とフリーペーパー／私のために歩いていない道／最後のギフト／「グースカ」。四文字の安らぎ／手の差し伸べ方が粋な人／テーブルに残る余韻のグラス／無表情な自分を、自分がいちばん知らない／餅のないお汁粉／仏像を彫る（以上、「北欧、暮らしの道具店」2021年7月～2022年9月連載「あ、それ忘れてました（汗）」より）
玄関の涙（「北欧、暮らしの道具店」2016年11月30日）
写真のおしゃべり（「北欧、暮らしの道具店」2021年3月4日）

ふたつのルースパウダー／きのこの美徳／料理人と美容師／おしゃべりな入相の空／灯りと私／勇気のいる夢／傷だらけの曲げわっぱと青春／だいだい色のあの子（以上、『FLOWER DESIGN LIFE』2022年9月～2023年1月連載「輝く落とし物～なくしたくないモノ・コト・言葉」より　マミフラワーデザインスクール）

がんばりを引退／自分へのじりじり、アゲイン／自分のきげんのとりかた／焼肉とビデオテープ／期間限定の友情／答えは自分のなかにある（以上、『かぞくのじかん』2021～2022年連載「子育て悩み中　トンネルから抜けられますように」より　婦人之友社）

ファッションは誰のものだろう／おしゃべりな糸／耳付き名刺の彼女／初恋とカーディガン／秋のベランダディナー／デイゴ／褐色の手土産／木綿往生／結婚パーティ／世界にひとつの／先生の先生／名前のない色／ざらざら、しわしわ、しゃりしゃり／日本茶を習いに／寒い夜のジンジャーティー／混ざる／琉球ガラス工房にて／とける愉しみ／襲の色目／冒険心／ゆたのたゆたに／カフェラテ・ホイップ問答／今日も、まめまめしく／畳の庭／愛の距離（以上、『PAL'LAS PALACE』2007年〈No.18〉～2015年〈No.46〉連載「日曜日の旅」より　（株）カイタックインターナショナル パームスカンパニ）

大きい旅小さい旅（『クロワッサン特別編集　大人の休日案内。』2022年12月　マガジンハウス）
宇野千代さんの魔法（「小さな家の生活日記～古家暮らし編」2010年8月16日　アサヒ・コム）
友の数の「足るを知る」（『PHPスペシャル』「「捨てる」習慣が幸せを呼ぶ」 2019年9月号　PHP研究所）
母とお茶うけ（「プラスサーモス」2022年4月　サーモス）
片尻の夏（『抒情文芸』2023年夏号　「抒情文芸」刊行会）
夏のあと、深呼吸ひとつ（「OIL　MAGAZINE」2020年10月　CLASKA）

＊各編改題、加筆修正しています

大平一枝（おおだいら・かずえ）

作家・エッセイスト。長野県生まれ。編集プロダクションを経て、1995年独立。市井の生活者を独自の目線で描くルポルタージュ、失くしたくないもの・コト・価値観をテーマにしたエッセイ多数。著書に『ジャンク・スタイル』、『東京の台所』（以上 平凡社）、『紙さまの話』（誠文堂新光社）、『それでも食べて生きてゆく　東京の台所』（毎日新聞出版）、『新米母は各駅停車でだんだん本物の母になっていく』（大和書房）などがある。最新刊は『注文に時間がかかるカフェ　たとえば「あ行」が苦手な君に』（ポプラ社）。

人生《じんせい》フルーツサンド

自分《じぶん》のきげんのつくろいかた

2024年2月20日　第1刷発行

著　者　　大平一枝《おおだいらかずえ》
発行者　　佐藤　靖
発行所　　大和《だいわ》書房
　　　　　東京都文京区関口1－33－4
　　　　　電話03－3203－4511
イラスト　　花松あゆみ
ブックデザイン　　高瀬はるか
校　正　　佐藤鈴木
本文組版　　マーリンクレイン
本文印刷　　シナノ印刷
カバー印刷　　歩プロセス
製　本　　ナショナル製本

ISBN978-4-479-78599-6

http://www.daiwashobo.co.jp

※本書に記載されている情報は初出掲載時のものです。
商品の仕様、店舗名などについては現在と異なる場合があります。